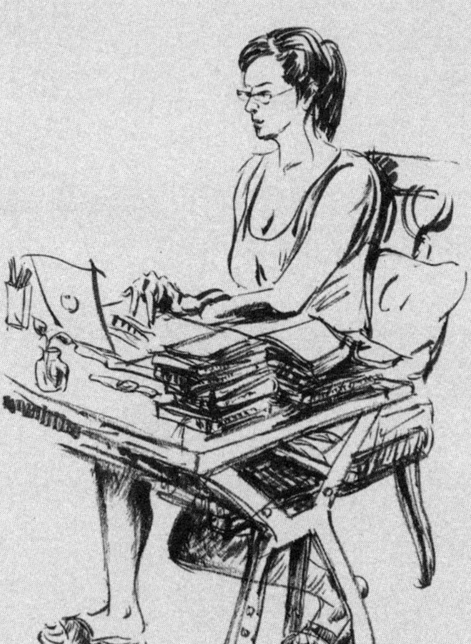

千岛之国风情录

Mosaic of the Philippines

缪玉 著

山东城市出版传媒集团·济南出版社

图书在版编目(CIP)数据

千岛之国风情录 / 缪玉著. —济南:济南出版社, 2019.11
ISBN 978-7-5488-4003-9

Ⅰ.①千… Ⅱ.①缪… Ⅲ.①散文集—中国—当代 Ⅳ.①I267

中国版本图书馆 CIP 数据核字(2019)第 233437 号

千岛之国风情录

出 版 人	崔　刚
责任编辑	丁洪玉　陈玉凤
封面设计	焦萍萍
绘　　画	罗　刚
出版发行	济南出版社
地　　址	山东省济南市二环南路1号(250002)
电　　话	0531-86131729
网　　址	www.jnpub.com
经　　销	各地新华书店
印　　刷	山东省东营市新华印刷厂
版　　次	2020年1月第1版
印　　次	2020年1月第1次印刷
开　　本	145毫米×210毫米　32开
印　　张	10.375
字　　数	225千
印　　数	1-5000
定　　价	58.00元

法律维权　0531-82600329
(济南版图书,如有印装错误,可随时调换)

目录

Contents

1　**邂逅缪玉**　白舒荣

Part1　千岛风情

3　风情马尼拉
6　语言与文化
8　缤纷水果之国
10　千岛之国特产知多少
12　可爱的菲律宾人
14　关于快乐
17　当国歌响起的时候
19　"妃子笑"笑红尘
21　年的味道

23	却说中秋博饼节
25	只有山歌敬亲人
27	爱你在心口难开
29	舌尖上的文明
31	不老神话
33	跳蚤市场的文化
36	万圣节你想如何"作妖"
38	寻根之旅
40	一桥跨中西,汉语连世界
42	又是一年清明时
44	甘洒热血的"华支"抗日勇士
46	从侨批看海外华人的爱国情怀
49	巴丹纪念日
51	科雷吉多尔"战争岛"
54	妈祖下南洋
56	慢时光的回味
58	地震小记
60	苏禄国王与中国皇帝
62	宿务印象
64	为何用勺不用刀
66	移动的地标——吉普尼
69	菲币上的故事
71	沧桑的落日之美
73	遗世天堂爱妮岛
82	马荣火山,传奇"美妞"

87　奇境塔尔火山

Part2 墨客人生

91　读报的好处

93　读杂志的年代

95　孤寂与文学创作

97　海子的声音

99　难做"标题党"

101　书气芳香

103　小议华文书店

105　"娱乐至死"时代

107　邓丽君的魅力歌声

109　卡西莫多的钟楼还在吗

111　朗诵的乐趣

113　旅游的真谛

115　品茗识趣

117　清宫剧不是清史

119　永恒经典《狮子王》

121　诗的意境

123　时间,是挤出来的

125　读书笔记一则

127　她是"曼哈顿的中国女人"

129　为什么要读原著、读经典

131　文心人相聚马尼拉

133　我也着迷于这样的老师

135　仪式感很重要

138　游记的写法

140　远去的"伤痕文学"

143　越来越淡的方言

145　再见,李敖先生

147　"春晚"让你看什么

149　中国的国服

151　中国电影如是说

153　追逐三毛

155　字如其人

157　人生驿站

159　"爱情教母"背后的男人

161　走进"广场",守望华文

164　音乐之声

166　久久不见久久见

168　家书抵万金

Part3　奇思妙语

173　坚持是一种精神

175　将中文歌曲进行到底

177　开学季,恐惧季

179　父母恩勤

181　关于母亲节

183　关于朋友圈

185　关于生命

187　孩子的兴趣与爱好

189　好好活着

191　何为情商高

193　孩子越有出息,父母越"悲哀"

195　女为己容

197　请放下手机

199　所谓App学习时代

201　饮酒论人生

203　中年少女

205　请"996"退场

207　生命诚可贵

209　文明之旅

211　中国高考与菲律宾高考

213　养孩子有多难

215　师与生,谁之过

217　何止中年危机

219　触及往事的老照片

221　假如生活欺骗了你

223　人生旅程

225　赞美和鼓励是两把金钥匙

227　致敬时代精神,凝聚时代力量

229　致我们终将逝去的岁月

Part4　常驻采风

233　不离不弃与你随行

236　欢歌曼舞庆节日

238　日子

241　义卖奉爱心

243　最美中式礼服

245　来菲两年有感

248　"脱傻期"之说

250　微笑和礼貌是一种习惯

252　我和春天有个约会

254　唐人街的故事

257　门前的"风采"是陋习

259　国粹中医马尼拉义诊记

263　"文化中国"是海外华人心中的品牌

267　端午论粽

272　翻阅"菲华历史博物馆"这本书

279　菲律宾国服之美

283　鬼月话风俗

287　马拉卡南宫的历史记忆

300　奇遇伊梅尔达

304　与女佣过招

邂逅缪玉

白舒荣

邂逅缪玉，是在菲律宾首都马尼拉。我们两个皇城根的子民没有在北京相交，却结识在南海之畔遥远的千岛之国，这就是所谓有缘千里来相会吧。

2018年10月13日，菲律宾的几位文友和我共同策划组织的"菲律宾华文文学国际研讨会"在马尼拉世纪公园大酒店隆重举行。欢迎晚宴上，缪玉的出现让我眼前一亮。她长身玉立，美丽大方，待人亲切，言笑晏晏，笔名颜如玉，果然名实相当。

由于工作原因，五湖四海的华文作家我交往得不算少，但中国外交官夫人身份的作家，还很罕见。缪玉的丈夫罗刚先生是中国驻菲律宾大使馆参赞兼总领事，年轻俊朗，仪表堂堂。面对来自世界各地的华文作家、中国内地学者，以及菲律宾本地的华文作家们，罗刚先生代表中国大使馆的一席讲话，内容精准，文采斐然，内涵富瞻，受到与会人员的由衷赞扬。中国新一代外交官的风貌，是在发展中强大的中国一张亮丽的名片。

缪玉要上班，不可能天天同我们做伴，但我们已深知她热爱文学、执着笔耕，有著作出版。会议结束后，她通过微信跟我说："这次的菲律宾笔会给我的感触太深了，感想也特别多。这些年我都是自己闷在家里写作，没有太多机会与文友交流，我先生总说我副业比主业还忙，而且经常占用他的时间，搞得我心生愧疚。本来这次应该是文化参赞代表大使馆出席活动，但阴差阳错，让他这个领事参赞出席。他被作家们高涨的文学写作热情所感染，回来后便给我置办书柜和写作专用桌，因为之前我都是在餐桌的一角摆台电脑写作（我们的家具由大使馆统一配备），这让我很感动。有时我也想退缩，白天在大使馆上班，晚上还要写作，说实话很累，可有爱好的人不动笔，心里就痒痒，压抑不住地要把内心的故事用文字表达出来。不论在艰苦地区还是在条件优越的国家，这对我都有特殊的意义。这次的笔会让我打开了眼界，见识了海内外作家们的敬业态度和高超的文学水平。我想下次只要我们允假，我一定还要多参加，因为这是学习的绝佳机会。"

我被她的这番话深深感动，也窃喜自己张罗的一次活动竟然能起到如此意外的作用。其实，这本来也是我愿意组织一些文学活动的初衷。

身为外交官夫人的缪玉，曾随同丈夫在南非、马耳他、美国等国家工作、学习和生活，现随任中国驻菲律宾大使馆。丰富的阅历，使她见识广博，外交官夫人的身份，更让她有机会出入一般常人难以企及的场合。一路走来，她能于所在国的报刊上留下随笔、散文、游记、短篇小说等不同样式的文字记录,这源于她对文学、对文学创作的热爱和执着。

缪玉要出版新著,嘱我写点什么。我为她勤奋取得的新成果感到高兴,感佩她为人阳光,正能量满满,加之对菲律宾也不算陌生,就恭敬不如从命了。

《千岛之国风情录》是缪玉随丈夫常驻菲律宾三年的笔耕收获,内容丰富广博,举凡菲律宾的历史、地域风貌、山川景物、宗教信仰、人文特色、生活习俗,以及中菲传统友谊,等等,她皆巨细靡遗地作了全方位多侧面浓墨重彩的描述,活灵活现,颇接地气,风趣可读,堪称菲律宾文化小百科,可作为在菲律宾旅游的必备参考。因为常驻,缪玉对菲律宾了解得比较广泛;因为是写作人,她对菲律宾的观察分外细致认真;因为天长日久的接触交往,她对菲律宾和菲律宾人充满真诚浓厚的感情,所以笔下的菲律宾光彩夺目,有情怀,有温度。

她赞美菲律宾首都马尼拉:"教堂,咖啡馆,独特典雅的古堡,西式建筑与摩登建筑交相辉映,让人一番峰回路转,突然找到历史的入口。它们以雕花繁复、雄浑庄严的姿势,在喧闹里以沉默诠释历史的存在。"(《风情马尼拉》)简单素描几笔,就勾勒出了马尼拉的外在形象和历史内涵。

菲律宾历经西班牙、美国和日本数百年的殖民统治,1946年7月4日才宣告独立。缪玉在马尼拉湾观赏落日时,不免抚今追昔,悲悯情怀油然而生:"几百年来,这里演绎着战火硝烟和悲欢离合,每一朵浪花、每一寸土壤都见证着殖民者的长靴和勇士们的热血,留下了不可磨灭的历史印记。那沉入海底的不仅仅是

一轮落日,还有满满的岁月沧桑。"(《沧桑的落日之美》)

令缪玉感触最深的是,菲律宾虽然经济还不算发达,人民生活也还不算富裕,但菲律宾"是一个快乐的国度,他们是一个乐观的民族,生性热情友好,不吝于表露情感。无论有钱还是没钱,他们总是一副乐天派,从来看不到他们的急躁、抱怨、无礼,这是我接触到的菲律宾人给我的最深印象。"(《关于快乐》)

满满的人文关怀,在缪玉的笔下随处可见。她在游览被称为"遗世天堂"的爱妮岛时,看到的不仅是眼前迷人的绝世风光,更对"徒手赤脚攀岩到七八米高的山崖"采燕窝的人十分关心。他们"在没有任何安全保护的情况下"爬上山崖寻找,因为"燕窝一般筑在岩石下、夹缝中,或山洞里,要特别细心才能看到",而且采摘到手后如何完整、不能折碎地带下来也是一大难题,所以"采到燕窝凯旋后,还要敲锣打鼓庆祝一番"。"看着眼前这些蜘蛛人,再看看那绝壁",她不由得想,"还是来生再与那些昂贵的燕窝结缘吧"。(《遗世天堂爱妮岛》)

正如"有一千个读者,就有一千个哈姆雷特",一千个旅者眼中也会有一千个菲律宾。《千岛之国风情录》就是缪玉眼中的菲律宾。

我曾多次去过菲律宾,但多是蜻蜓点水式的游览,她的书补充了我对该国的许多未知,或知之甚浅,或者熟视却从未认真留意过的内容。比如,每次到马尼拉都少不了用人民币换些菲律宾比索。比索在手,我只在意每张是一千还是几百几十,从未认真看过这些纸币上除了数字还有些什么。缪玉的一篇《菲币的故事》,让我方知菲律宾比索上面还有那么多学问和文章可做。菲律宾现行比索（Peso）是2011年设计发行的，除1元、5元的硬币外，还有20、50、100、200、500和1000六种面值纸币，每种面值的纸币正反面"都蕴藏着关于菲律宾的真实故事"。

她如数家珍，对六种面值的菲币正面和反面的所有内容都详加介绍。比如"20比索正面中间的人物，是有'国父'之称的曼努埃尔·路易·奎松（1878—1944），右下角是总统府所在地马拉卡南宫；背面是世界遗产巴纳韦水稻高山梯田，中间那小动物是麝香猫"，并顺告"大名鼎鼎的猫屎咖啡就是以这种猫的粪便作为原料生产的"。再看面值最大的1000比索："正面有三个人物，分别是最高法院大法官何塞·阿巴德·桑托斯（1886—1942），律师、女权主义者约瑟法·利亚内斯·埃斯科达（1898—1945），将军文森特·林（1888—1944）；背面是珊瑚环礁、海龟和珍珠"，亦顺告珊瑚环礁、海龟和珍珠"都是菲律宾海底的珍宝"。

显然，无论面值大小，菲币正反面的内容都华光闪耀，描绘的都是菲律宾的国家财宝。读懂这些菲币上所有的政治文化符号，几乎就读了一部菲律宾史。

《千岛之国风情录》另有几部分重要内容，基本是缪玉在菲律宾的一些生活、工作、读书、写作琐记。陪外交官丈夫他国常驻，其所见所闻所感所思，必有独特之处。

缪玉缘何从外交官陪任夫人走上文学创作道路？听听她怎么说："曾经因为孤独而写作，在南非寂寥单调的生活中，北半球已是寒冬腊月，而南半球却身着短裙，炎热难当，这种落差让我生出了一份浓浓的乡愁，一篇《冰糖葫芦》便展开了无尽的思念,从此也打开了写作的大门。在地中海岛国马耳他当陪读夫人,一成不变的阳光,一成不变的大海,眼前晃动着一成不变的人,日子变得冗长、乏味,变换的只有人与人之间的故事。这些故事表现了不同文化的冲撞,发生在日常的生活里。于是,我把这些故事记录下来,用以打发时间,没想到那些内心的独白,在13年后的2017年11月,成就了我的第一本书。"

这第一本书名曰《情系马耳他——陪读生活手记》。

新著《千岛之国风情录》基本上是缪玉专栏文章的结集。无论是东南亚国家和地区,还是欧美等国家,都极少有华文文学杂志,幸有华文报纸多附文学副刊。不少海外华文作家的创作,即从耕耘报纸文学副刊特设的"专栏"起步。

"专栏"字数受限,内容要能吸引读者,文笔更须生动洗练。做到这三点,写几篇不难。如果长期每天或每周有几次专栏要耕耘,作者便得挖空心思,不断努力丰富自己的生活和知识,提升思考能力和文字表达水平。否则,内容寡淡,言语无味,专栏便不能维持。没有哪位作者轻易舍得失去这片难得的专属笔耕自留地。

缪玉在马尼拉《世界日报》有片自己的小天地,繁忙工作之余,她挤压休息时间,坚持不懈地读和写。她的许多文章正是被"专栏"长年日积月累锤炼出来的。

《千岛之国风情录》里的100多篇作品,各有生动好看的内容和作者独到的见解思考,读来兴味无穷,尤能汲取乐观积极的正能量。我细读或浏览她篇篇精练的文字时,眼前不由得出现了今年四月在韩国济州岛参观的"思索之苑"盆景园中那些别致精美、神采独特的盆景。

韩国农夫成范永先生在当年无水无电,只有火山石堆砌的济州岛荒芜大地上奋斗二十多年,把一株株花木、一块块石头按自己的精心设计亲手培植,建成了享誉世界的盆景园。作者精心撰写的篇篇专栏文章,岂不好似那些姿彩丰美、精气神沛然的盆景?它们亦得自耕耘者长期的文学创作历练和辛勤巧思,闪烁着理想的光芒。

缪玉是外交官夫人,她的生活和工作都紧紧围绕在丈夫周围。外交官是令人尊重、羡慕的职业,在外人眼里,外交官夫人跟着丈夫尽享荣耀。实际情况如何,旁观者未必清楚,当局者缪玉知道:外交官夫人舍弃了自己国内的事业,随丈夫国内国外四处漂泊,"如果在和平安宁的国家还好,如果在贫困、疾病肆虐的艰苦地区,或者政局不安定的国家,那她们基本就没有什么外出的自由,生活区域只限于使馆的办公区和家属区"。(《不离不弃与你随行》)

随任多年,她的体会很深刻:"嫁给中国外交官,就等于嫁给了中国外交。从他选择做外交人那天起,父母、妻子和孩子,整个家庭都跟随他献给他为之奋斗的外交事业。"(《不离不弃与你随行》)

"祖国是个大家,我们是个小家。外交官肩负着维护国家主权、安全的重任,作为家属,我们必须不离不弃地随行!"(《不离不弃与你随行》)

"'身在海外,心系祖国。'这句话早已在我们心里扎下了根。"(《不离不弃与你随行》)

发自中国外交人肺腑的这些铮铮誓言，令人骄傲感动。

我结识的缪玉，无论是作为作家，还是作为外交官夫人，都很精彩！

相信缪玉在文学创作道路上定会取得更大成绩！

> 下决心把可能的事情
> 一把抓住并紧紧抱住，
> 有决心就不会任其逃去，
> 而且必须要贯彻实行。
> ——［德］哥德《浮士德》

邂逅缪玉，是一种缘分。

2019年8月6日于北京蓝旗营

（白舒荣：中国作家协会会员，编审。毕业于北京大学中文系。担任香港《文综》文学季刊副总编辑、世界华文文学联盟副秘书长、中国世界华文文学学会副监事长、世界华文旅游文学联合会副理事长，以及多家海外华文文学社团顾问等。曾任中国文联世界华文文学杂志社社长兼执行主编、中国作家协会台港澳暨海外华文文学联络委员会委员等。著有《白薇评传》《热情的大丽花》《自我完成自我挑战——施叔青评传》《以笔为剑书青史》《回眸——我与世界华文文学的缘分》《走进尹浩镠的故事》《华英缤纷——白舒荣选集》《海上明月共潮生》等，合著《中国现代女作家》《寻美的旅人》等；主编《世界华文文学精品库》等多套海外华文作家丛书。）

千岛风情

风情马尼拉

据说，从中国抵达菲律宾首都马尼拉，有三种选择：一是借助鸟类或飞机的翅膀横空穿越云彩和汪洋，二是像鱼一样借助鳍和尾巴的力量抵达马尼拉湾彼岸，三是乘坐游轮开始一段浪漫的远航旅程。我选择了第一种，搭乘有翅膀的飞机，穿云跨海飞抵这里。

三年前，也是6月，来到这座有历史、有传说、有故事的城市。旱湿交替、几天火炉、几天台风、鸳鸯火锅似的季节，给在北方长大的我以最深刻的印象。教堂、咖啡馆，独特典雅的古堡，西式建筑与摩登建筑交相辉映，让人一番峰回路转，突然找到历史的入口。它们以雕花繁复、雄浑庄严的姿势，在喧闹里以沉默诠释历史的存在。

唐人街的乡愁，旧王城的谢幕，吉普尼的花车，马尼拉湾的落日，黎刹公园的塑像，无不给过往的人们展示曾经的风雨。现如今沧桑不再，优雅从容是它多年以来的姿势，镌刻在这座城市的史册上。

马尼拉市中心标志性塑像

  这座热带风情城市，是菲律宾第一大城市、第一大港口，是全世界最多元化的城市之一，被誉为"亚洲的纽约"。它历史悠久，在印度文明、中国文明及中亚古文明的基础上，融合西班牙、美国的西洋文明，形成了东西合璧的文化。

  1571年，西班牙殖民者把它变成了西班牙殖民统治的首府；1898年，美国取代西班牙对菲律宾的殖民统治，在马尼拉巴石河北岸的商业区内，大银行、大公司、大饭店等高楼大厦拔地而起；1942年，日本又取代了美国。第二次世界大战中，马尼拉遭到严重破坏，城堡要塞周围的建筑物全部被炮火摧毁。直到1946年7月4日，菲律宾正式宣告独立，定其为首都，它又回到了菲律宾人民的手中。

今朝,这座吕宋岛上繁华的现代化都市,东西方文化相得益彰、水乳交融。站在街头,我喜欢看那时尚、喧闹和奢华独领风骚,也爱欣赏那历史的缄默者在不经意间展现出的沉静与尊贵。

语言与文化

来菲律宾之前，我专门去书店买了一本《菲律宾语300句》。虽然英语也是菲律宾的官方语言，但在我的想象中，菲律宾语会更直接。可是，两年过去了，除了会说"早上好"和"多少钱"，其余亦如白纸一张。想来想去，问题在于自己，除在旅游、购物时接触当地的人和事，再也没有其他接触社会的机会，甚至没有菲律宾朋友，何来菲律宾语的提高呢？

语言作为人与人交往的重要工具，并不是独立存在的，它其实与文化是一个整体，相互依赖，相互影响。我们学习一门语言，必须先了解这个民族的文化，只有这样才能学好。

许多准备出国的中国学生，备考雅思或者托福，捧着"红宝书"背单词，还把考试的题库也背下来。其成绩自然不错，可是走出国门才发现，自己的英语是"Chinglish"（中式英语），只能机械地听、说、读、写，很难与大学的老师和同学们深入相处，与当地社会也会脱节。一些留学生缩在中国圈子里"抱团"，实质上是语言、文化、心理等诸多方面的差异与不适造成的,其后果是影响留学生的外语能力,进而导致其无法融入国外文化环境,日常交流有困难,严重的甚至可能荒废学业。

老外学中文则正好相反,他们首先是喜爱中国文化,因喜欢而学习。比如,在孔子学院的外国留学生和参加"汉语桥"比赛的外国选手,都对中国文化有浓厚的兴趣,学习中国歌曲、舞蹈、曲艺、杂技、器乐、书法、绘画、剪纸、武术和传统体育等文化技能,甚至包括饮食习惯,由中国文化渗透到中国语言,既扎实又地道。

随着全球化进程的加快,人们之间各种交流、沟通越来越广泛,单会一种外语,已经跟不上行走世界的步伐了。有些旅行家甚至走到哪里,语言就学到哪里,落脚点是先了解风土人情,再像婴儿一样咿呀学语,这样学来的语言,鲜活而又实用。

人类学家说:"语言的历史和文化的历史是相辅而行的,它们可以互相协助和启发。"可见,没有文化做地基而去学语言就是空中楼阁。

缤纷水果之国

去杜马盖地旅游,最大的收获是见识了水果的生长。菲律宾地处亚热带地区,雨水充足,日照时间长,盛产各式各样的热带水果,如香蕉、杧果、木瓜、凤梨、椰子、波罗蜜、红毛丹等,无论是产量还是品质,都属世界上乘。

第一次走进杧果园,见到遮天蔽日的杧果树,惊叹不已。杧果被菲律宾尊为国果,除作为水果外,还可加工杧果干、布丁、冰糕、果汁等,杧果花蜂蜜醇厚芳香,味道独特。初尝酸酸的绿杧果,蘸上酱油或虾酱,口味有些夸张,据说配啤酒最为适宜。

菲律宾素有"椰子王国"之称,椰树是菲律宾人口中的"生命之树",他们从小喝椰汁长大。菲律宾椰子腔大,椰汁充盈,白色的椰肉打碎加冰沙,可以做成椰奶昔,顺滑爽口。椰子全身都是宝,椰壳可以拿来洗刷地板,椰子油从椰壳中提取出来,可以润肤、保湿,还可以食用等。

在诸多水果中,香蕉一直被称为菲律宾的名片。菲律宾香蕉种类众多,其中的皇帝蕉最为有名。这种香蕉体形较细,口感香

杜马盖地随处可见的波罗蜜

甜软滑，香蕉味浓。菲律宾的香蕉加工更为著名，有各种香蕉小吃，如蒸蕉后撒上黑砂糖、油炸香蕉条、烤香蕉等，还有用蜂蜜秘制的香蕉干，味道独特，也是菲律宾的一大特产。

早就听说菲律宾被誉为"太平洋的果盘"，这次走入乡间，深切感受到了它的名副其实。就在我们下榻的酒店和周围的果园，随处可以看到波罗蜜树，若干硕大的波罗蜜吊挂在树上，格外喜人。木瓜也是抬眼可见，串串青木瓜，大小不一，一派丰收在即却无人问津的景象。还有许多叫不上名来的果树，当地老乡说开花结果只需三个月，只要你来，随时可以吃到。菲律宾真是天赐的水果王国，难怪有人说，菲律宾人再懒也不会被饿死，随便吃个杧果、香蕉、木瓜、榴梿，再喝点椰汁就会活下来，而且保证营养充足。

在这个果园之国，无论走到哪一个角落，都会有无限的惊喜。要想跟热带水果进行一次亲密约会，地点非菲律宾莫属。

千岛之国特产知多少

　　中国人有种礼节，旅行回来总免不了给家人和朋友带些礼品，如果空手而归，总觉得羞于见人。俗话说，"瓜子虽小暖人心"，"千里捎鹅毛，礼轻情意重"，一份心意而已，无关贵贱、大小。

　　说起来简单，做起来却并不容易。第一次回国探亲时，我费尽心思，四处打探，不知何为最佳特产。菲律宾不同于欧美那些靠名牌和时尚装扮的国家，在热带风情的岛国，自然要选真正的南国特产。经过几次回国和迎来送往，我终于总结了一点小心得，不妨展示一番。

　　就食物来讲，杧果干应该排在首位，尽管在国内也可以买到，但以我的经验来看，味道终有不同。正品杧果干干爽、劲道，甜度完全基于自身含糖；如果看到杧果干外面包一层白白的糖沙，基本可以断定是非正品。排在第二的是香蕉片，菲律宾香蕉片的烘焙技术无与伦比，每片香蕉都包裹着一层薄薄的蜜糖，口感薄脆香甜，是送亲友的佳品。接下来是霹雳果（pilinuts），一种产自菲律宾的有机坚果。营养价值极高，易被人体吸收消化。菲律宾的食物特产实在太多，暂且列举三种。

再说一下椰岛的神奇宝物椰子油，它可食用，可护肤，外观清澈透明，温度低于 25 摄氏度时会变成白色半固态。据说它可以预防阿尔茨海默症，涂在皮肤上能防止干燥，治疗晒伤，避免产生皱纹和色斑，使肌肤细腻有光彩。

最应该隆重介绍的是菲律宾的珍珠，菲律宾生产海水珍珠，养殖基地在巴拉望省和达沃附近。其中最稀奇的天然黄金珍珠，是基于苏禄海域得天独厚的条件而孕育出的金色珍珠，因产量极少，价格也相对昂贵一些。

除了以上宝贝，颇具椰岛风情的还有咖啡、巧克力、雪茄烟、意大利面、番木瓜香皂、杧果葡萄酒、尤克里里（Ukulele）、用香蕉丝制作的丝巾、吉普尼玩具车、用贝类和木雕做成的手工艺品、民间水彩画，等等，数不胜数。

可爱的菲律宾人

前不久看到一则新闻，一名华人男子在街头突然晕倒，危急之时，两名路过的菲律宾人毫不犹豫地出手相助，一个做胸部按压，一个做人工呼吸，终于将那名华人男子从死亡边缘挽救了回来。恰巧有人目睹了抢救过程，用手机录下这一幕，并将其上传至网络。在赞叹他们的同时，我并不感到意外，因为在我眼里，菲律宾人就是热情善良、彬彬有礼的。

记得两年前刚来菲律宾工作时，正值这个国家最热的季节，每天汗流浃背地走在路上，哪怕只是短短几分钟，也觉得是一种煎熬。可是当我看到那些身着制服，脚蹬长靴，全副武装地在街头执勤的警察时，顿时觉得自己的这点痛苦实在算不得什么。不仅是警察，连办公楼里的保安，也都穿戴整齐，一丝不苟。看习惯了，觉得他们自带威严。他们这样注重自己的仪表，既是对工作的认真，也是对所服务人群的尊重，这正是他们的可爱可敬之处。

菲律宾人的礼貌也是令人印象深刻的。无论是乘坐吉普尼、巴士还是城铁，无论是排队购物还是等电梯，菲律宾人都能自觉排队，安静地等待属于自己的位置。不仅如此，菲律宾人还有替他人着想的好习惯，比如进电梯时，已经在里面的人都会按住电梯的开门键，以便后来的人从容进入。无论是办公楼还是公寓楼，工作人员从来都是笑容可掬，见面先问候。听得多了，我也学会了一个新的英语单词——Mamsir（这是 Madam 和 Sir 的连读发音）。去餐厅吃饭，最希望碰上服务人员为过生日的顾客带来的歌舞，他们的激情表演，总能给人带来温暖和快乐。

菲律宾人的耐心出奇地好。有一次去看演唱会，离开演只有几分钟时间，我还在演出大厅里卖小吃的窗口排队。我只点了两杯可乐，正当我付了钱着急要离开的时候，服务员却把我叫住了。原来，她发现装可乐的塑料袋拿错了，那是装汉堡包的袋子。她不紧不慢地将两杯可乐从袋中取出，再放入一个可以拎的塑料袋，放的时候还不忘把可乐杯上的盖子压得严一点。当她微笑着把袋子递给我的时候，我也笑了。

关于快乐

来到菲律宾，感触最深的是：这是一个快乐的国度，他们是一个乐观的民族，生性热情友好，不吝于表露情感。无论有钱还是没钱，他们总是一副乐天派，从来看不到他们的急躁、抱怨、无礼，这是我接触到的菲律宾人给我的最深印象。虽然有时觉得超出忍耐的底线，但面对一张张纯粹而又无可争辩的脸，只能随着他们的节奏慢慢地走。

世界上的快乐有许多种，快乐的标准也不尽相同。有人追求感官的刺激，有人向往心灵的安逸，有人喜欢在世俗世界追名逐利，有人选择在精神家园诗意栖居。有人喜欢简单、随性的快乐，有人喜欢复杂、昂贵的快乐，在对待快乐的刻意或不刻意里，展现了朴素的辩证法和最为精彩的多样化。

快乐因人而异。对我而言，一个人静静地读书、慢慢地思考，然后捕捉心灵的火花而加以记录，是最快乐的事情。当然，我也畅想风光地去旅游和购买心仪的服装，但那是幸福的装饰品。

老王城兜售帽子的商贩

菲律宾的历史和政治，以及宗教和民俗，让这个民族养成了快乐的习性。宗教信仰是他们乐天的原因，万能的上帝会解除他们所有的烦恼，不必愁眉苦脸；音乐也是他们的快乐之源，能歌善舞是发泄情感的通道。

中国人却很难达到这种极致的乐观状态，我们生来就有忧患意识。这让我想起白岩松的一段话："现在中国人好像总是不快乐，总是在抱怨，究竟是什么，让中国人一脸愁容？中国人也无时无刻不处在焦虑之中，焦虑社会不公、焦虑没钱没权、焦虑物价依然飙升、焦虑食品不安全、焦虑子女教育、焦虑环境污染……"焦虑无处不在，总是在忧虑，哪有时间快乐？

快乐是一种心态，更是一种对生活的态度。快乐是要由心向外地展示给他人，豁达、开朗、坦诚，即使做不到菲律宾人的"穷欢乐"，但只要打开心灵，总是可以发现使自己快乐的东西。

各人有各人理想的乐园，有自己所乐于安享的世界，朝自己所乐于追求的方向追求，就是你一生的道路，不必抱怨环境，也无须艳羡别人（罗曼罗兰语）。

当国歌响起的时候

2018年6月24日，是菲律宾侨中学院成立95周年庆典的日子，这所学院是菲律宾首个和存在时间最长的华校。95年来，每一年的成立纪念日，老校友们都会聚在一起，庆祝母校走过的艰辛与光辉岁月。

我要讲的是庆典上发生的小插曲。按照惯例，庆典仪式开始时要分别演奏菲中两国国歌。当菲律宾国歌响起时，人们随着乐曲轻声地唱起来。老华人们从小生活在这个国家，耳濡目染，自然会唱，并不奇怪。然而当播放中国国歌时，音响设备突然出现了故障，无法播放。主持人灵机一动，带头大声地清唱起了中国国歌。让人意想不到的是，在场的老校友们竟然全体跟上节奏，也大声歌唱起来，歌词一句不忘。500多人在无伴奏的情况下唱出了庄严雄壮的中国国歌，场面十分感人。这些老校友年轻的也要60多岁，年纪最大的90岁，他们步履蹒跚，需要旁边的人搀扶，却依然挺身站立，目视中国国旗。过后问及为什么歌词会记得那么牢，他们说从中国抗战时，就开始学唱《义勇军进行曲》，后来它成为国歌，他们在海外从来没有停止唱过，也从来没有忘记过。

"出国之后才知道自己如此爱国"，这是我在国外最常听到的一句话。这是一句由衷的表白，我自己也深有体会，出国越久体会越深。在国外，《义勇军进行曲》代表中国，是中国的象征，是中国的符号。国歌记录着中国人民英勇的战斗历程，至今仍雄浑豪放，气势磅礴，使人振奋，催人上进。奥运会上运动健儿夺得金牌，当中国国歌奏响时，岂止是中华大地，全球所有的华人无不欢呼、激动，满含热泪地随着徐徐升起的五星红旗一起歌唱，因为你的一颗心是向着中国的，这份骄傲也属于你。

每到中国的国庆日，世界各地的华人社团，都会以各种形式庆祝这一特殊的日子，中国的国歌此时回响在七大洲四大洋的上空。无论你生活在哪里，国籍身份是否有所改变，"不愿做奴隶的人们""把我们的血肉筑成我们新的长城""我们万众一心，冒着敌人的炮火，前进"已经深深地印刻在中华儿女的心里，流淌在我们的血液中了。

"妃子笑"笑红尘

友人要来菲，问我想要些什么礼物，我想了想，答之：无任何所求，实则怕给友人添麻烦。谁料想，一盒新鲜荔枝并无任何"签证"，居然从千里之外飞至马尼拉。眼见鲜荔枝赤如丹，心生喜欢，口生津液，无比感激友人，自己竟堪比那唐朝贵妃幸运。

从小每到吃荔枝时，大人们总要说一遍杨贵妃快马吃荔枝的故事。长大后，自己读了唐代杜牧的诗句，方知其中的含义。"一骑红尘妃子笑，无人知是荔枝来。"那唐朝杨贵妃，喜欢吃新鲜岭南荔枝，于是皇帝差人骑快马日夜兼程送到宫中，一路上不知累死多少匹马，只为博妃子欢心一笑，却无人知晓鲜荔枝如何历尽艰辛而来。

荔枝属常绿乔木，分布于中国的广东和福建南部。其外皮有瘤状突起，熟时紫红色。果肉鲜时呈半透明凝脂状，馨香甘美，但不耐储藏。中医认为，荔枝味甘、酸，性温，入心、脾、肝经，果肉具有补脾益肝、理气补血、温中止痛、补心安神的功效。真羡慕南方人，有如此口福，在家门口便可吃到鲜汁欲滴的荔枝。相比之下，北方人极难享受到刚摘下的鲜果味道。

对南方人而言，没有荔枝的夏天是不完整的。在60多种荔枝中，妃子笑、桂味、糯米糍这三个品种是大众最喜爱的。不过，再好吃的东西，也不可过量，不可像诗中所云："日啖谁能厌，我今欲当餐。"过量食用会导致"荔枝病"，医学上称为荔枝急性中毒，是一种低血糖引起的急性疾病。由此可见，适度很重要，否则会乐极生悲。倒是对热带水果情有独钟的福建人，另辟蹊径地开发了一种黑暗的"非典型吃法"：荔枝蘸酱油。据说荔枝佐以酱油，既能中和"火气"，同时也能缓解过多食用荔枝带来的甜腻感。

荔枝确实好吃，色味俱佳。剥去薄笼妖色茜裙，白嫩果肉肥厚，配上软糯浓甜滑溜溜的口感，实在是抵挡不住的诱惑。难怪杨贵妃背上千年骂名也情愿，一粒下口，欲罢不能，"妃子笑"或许也是因她而得名吧。

今昔相比，感慨我与杨贵妃的荔枝虽同样来之不易，但其意义和情感，却大相径庭。

年的味道

中国有一部很著名的歌剧《白毛女》，其中一段耳熟能详的唱段"扎红头绳"，在中国民间广为流传。它描述的是家境极度困苦的父女俩过年的情景："卖豆腐赚下了几个钱，爹爹称回来二斤面，带回家来包饺子，欢欢喜喜过个年。人家的闺女有花戴，我爹钱少不能买，扯上了二尺红头绳，给我扎起来。门神门神骑红马，贴在门上守住家，门神门神扛大刀，大鬼小鬼进不来。"

这是一部含恨的悲剧，全剧中只有"扎红头绳"有红色，且是欢喜的，足见中国人无论在怎样的条件下，无论富裕还是贫困，"过年"在生活中的重要性，真应了那句"有钱没钱都过年"的话。作家冯骥才说："年味"并不是物质的丰盛，而应该是文化的丰盛。

如今在国内，年的味道似乎越来越淡，有人归结为是因为政府不允许放烟花，听起来似乎有些道理，爆竹声声辞旧岁，不放鞭炮哪来的年味呢？其实不然，没有烟花的许多国家，节日都很隆重，也很有仪式感。

中国是礼仪之邦，中国人尤为重视老祖宗留下来的传统习俗。不过随着现代城市化的节奏加快，年味已经变成另外一种含义。"回家"成为一种心声，路途再遥远也要与家人团圆。一家人贴对联、包饺子、穿新衣、吃年饭、拜年、守岁，包含着强大的民族凝聚力和亲和力。

对于年味，移居国外的华侨、华人更为重视。近些年，在华人的努力下，大年初一已被许多国家设为全国公假，菲律宾亦是如此。这天，唐人街有舞龙表演、花车游行，销售各种年货，灯笼高悬，染红了马尼拉的半边天。

对"年"的感情，现代人已采用新方式与新载体来诠释。从生活中的必不可少，变为文化上的必不可少，传承千载的生活的"年"，完美地转化为未来文化的"年"。

却说中秋博饼节

如果不认识福建闽南人，断不知在民间还有这样一种庆祝中秋节的方式——"博中秋饼"。据说在福建闽南地区和台湾地区，每逢中秋佳节临近，大街小巷便传出骰子撞碰瓷碗的叮当声，节日的喜庆气氛便在这博饼的悦耳声中推向高潮。

为了把这特有的习俗搞清楚，我专门请来闽南朋友了解了一番，悉心研究，原来其中的学问还不浅呢。据说中秋博饼，起源于福建厦门同安，由郑成功的部下发明。当时郑成功以厦门、金门为"反清复明"基地，大军凯旋时，恰逢中秋佳节，为慰藉官兵思乡之情，郑成功的部下洪旭发明了博饼游戏，边赏月边博饼。游戏根据科举制度制定规则，设有状元1个，榜眼（对堂）2个，三红（探花）4个，四进（进士）8个，二举（举人）16个，一秀（秀才）32个，这样叫"一会"，共有大小饼63块。为什么是63块呢？这里又有讲究，"九九"是天子之数，"八九"是亲王数，"七九"是郡王数，因郑成功被南明隆武皇帝封为"延平郡王"，所以采用"七九"郡王数，即63块饼。相传，这种游戏可以预测人未来一年内的运气。

中秋博饼，是闽南地区特有的由饼文化外延的一种传统民俗活动，也是庆祝中秋节时的一种大众娱乐活动，奖品一般都是"会饼"，或其他生活用品，纯粹是图个开心，博饼的时间从农历八月初一到八月十五。听说现在某些地方把这一传统引向歧路，不断提高博饼奖品价值，或成为一种不用投注的博彩，这是对传统文化的不尊重。要保护博饼，保护其应有的历史文化内涵也是目前的当务之急。

中华文明博大精深，民间文化源远流长，各具特色，尤其在中秋佳节这一天，各地独特的庆祝活动，都体现了当地的民间文化，或民间传说。我们熟悉的，比如把中秋节叫作八月节、月夕、秋节、追月节、玩月节或团圆节，庆祝方式依地域有祭月、赏月、拜月、吃月饼、赏桂花、饮桂花酒等，从古至今，历久弥新。

闽南博饼习俗的价值在于，它是中原文化和闽南文化、科举文化和民俗文化、古代文化与现代文化的融合，同时又印证了闽台同俗的区域特征。

只有山歌敬亲人

说起中国广西，人们最熟悉的是桂林山水甲天下，它的美景海内外皆知。而与它齐名的，还有"刘三姐"的歌声。刘三姐是中国广西壮族民间传说中美丽聪敏、以歌会友、以歌惩恶、名扬中国的"歌仙"。早在20世纪50年代，人们就把这个美丽的传说搬上了银幕。从此，刘三姐的歌声家喻户晓，广为流传。

更难得的是，刘三姐的歌竟然唱到了菲律宾，让我和其他身居菲律宾的侨胞有机会大饱眼福和耳福。

大型歌舞"美丽中国·心仪广西"，于2月25日在菲律宾文化中心大剧场（CCP）隆重上演，3000多名观众对这场完美演出报以热烈的掌声。此次演出最大的看点是彩调剧《刘三姐》"对歌"的片段，讲述的是刘三姐为了维护自由和尊严、追求幸福美满的生活，带领乡亲们与恶霸财主请来的"秀才"智斗的戏曲场面。彩调剧俗称调子、彩灯、哪嗬嗨等，属灯戏，源于广西桂林地区农村歌舞说唱，衍化而成"对子调"。彩调剧约500种，从形式上看有独角戏、对台戏等地方戏曲。广西壮族自治区戏剧院第六代刘三姐的扮演者赵华湘不仅貌似当年的黄婉秋，而且从声音到舞台表演到神情，也都非常相似。看舞台表演，果然要比看电影更过瘾，能在现场感受到"刘三姐"山歌的艺术魅力。

除此之外，其他的节目表演也让我惊诧不已，广西不仅山水美、歌声美，舞蹈更美，色彩艳丽，豪放中带着柔美和诙谐，真是一方水土养一方人。舞蹈《美丽广西》中，铜鼓、绣球、壮锦、山歌，都是广西最鲜明的文化符号；壮乡12个民族服饰秀，地域风格浓郁；桂剧《打棍出箱》被誉为"中国戏曲一绝"；等等。

可能有人会说，广西歌舞没有著名的明星大腕出场，但是我要说，比起那些草台明星班子的表演，这台演出更精致，更用心，更适合海外乡亲的口味，正如"刘三姐"的歌，只有山歌，才敬亲人。

爱你在心口难开

都说认识一个国家，必须先品尝这个国家的饮食，语言和食物是了解这个国家最直接的切入点，也是其风土人情最直接的体现。菲律宾地处热带，岛屿众多，山海兼备，又受到西班牙和美国殖民统治及宗教信仰等因素的影响，当地人的饮食习惯与东南亚相似，但又有区别。

对我而言，小住已有三年，虽然对菲餐始终热爱不起来，但是对它的烹饪技术，却越来越感兴趣。

菲律宾人无论贫富，对饮食总是非常讲究。他们早餐爱吃一种叫Suman（苏曼）的类似年糕或粽子的食物，将糯米包在椰子叶或香蕉叶里蒸熟，吃的时候撒上白糖或者椰丝。地道乡土名菜喜欢加醋和大量的大蒜等辛辣调料。他们偏爱煎、炸、烤等烹制方法，代表性的菜肴有烤乳猪、烤乳鸽、酸甜味的油炸石斑鱼（也叫拉布拉布鱼）等。他们爱喝酸浓开胃的鲜虾汤（西尼根汤），据说喝后回味无穷，对我而言却是难以下咽。

还是列举几道本地名菜给大家过一下瘾吧：Adobo（类似于

我国的传统卤肉饭），被视为菲律宾传统烩菜，卤汁浓厚的猪肉和鸡肉丁淋在白米饭上食用；Pancit（菲式炒面），味道微酸甜，可以用面条、米粉作原料，配以蔬菜、虾和腊肠；Inihawna Talong 是用茄子配以番茄、洋葱、虾制成，如把茄子换成鲜美的杧果则更具风味；Bulalo（牛尾汤），加入玉米、花生、香蕉花、茄子，熬出营养美味的浓汤；Lechon（勒琼），肝酱烤乳猪；还有 Crspy Pata（烤猪腿），Atchara（炒木瓜），椰奶罗非鱼，蟹子酱和鱼酱，等等，菜肴之多，不胜枚举。补充一下，Calamansi（青柠檬），是菲餐中万能的调料。

餐后甜点也别具特色，全部都是我喜欢的：Mango Shake 杧果奶昔；Buco Juice（Coconut Juice），椰汁吸完，还可以吃新鲜的椰肉，甜软滑嫩；Halo–halo（哈喽哈喽）是随处可见的刨冰甜品，主要原料是紫薯和杧果。

令人垂涎三尺的美味，在旅游中能给味蕾带来特别的享受，但未必是我们每日可吃的餐食，这一点我深有体会。

舌尖上的文明

我家楼下不远处，终于开了一家口味地道的中国菜馆。只要犯懒，我就会给自己找借口，出去撮一顿。我跟先生点菜每次一大荤一素，或者两小荤一素，基本吃光，假如某次胃口不好，有些剩余，便会打包回去，留作下顿解决。

话说两天前，我们又给自己找了个借口，跑去打牙祭。那天不知何由，居然人满为患，我们被请到二楼刚腾出的小方桌旁。我们点完菜，定睛一看，除了一对洋人男女外，全部是中国年轻人。大嗓门的谈话声和爽朗的笑声，充斥着整个二楼。当我们的菜摆上桌时，那几桌买单撤退了，房间里立刻安静了下来。这时我注意到两旁的桌子上除了狼藉，还有几盘近乎没人动过的菜。服务员是一个菲律宾小伙子，手脚麻利地收拾着桌子。他把右边桌上两盘原封不动的菜端到工作台上，待全部收拾完后，用打包盒把那两盘菜盛好，放到柜子里，估计下班时带回家。

不多久，那两个高大的洋人也结账起身，再看看他们的桌子，只有几个干净的盘子，桌上一片清洁。我想，你不能说人家没钱点太多菜，只能说这是一种文明的表现。

我在为数不多的几次与菲律宾老华人吃饭时，发现他们都很朴实，根据用餐人数点菜，每道菜均分给每个人，又不失礼节。如有剩余，他们也会打包带走。这些身家上亿美元的老华人，节俭的习惯令人钦佩。

很多人对中国式"剩宴"已经司空见惯。网上曾有数据调查，中国餐饮食物年浪费量为1800万吨左右，相当于3000万~5000万人一年的口粮，这些数字令人触目惊心。

国内一直倡导"光盘行动"，一些餐厅服务员会提醒顾客注意点菜量，主动帮忙把吃不完的饭菜打包。像海底捞，还有点半份菜的举措。自助餐厅对吃一半倒一半的行为进行重罚，"舌尖上的浪费"明显减少。

浪费，并不是富裕的表现，而是文明程度不够，或者是虚荣心在作祟。

我在想，这些背井离乡的年轻人，挣点钱容易吗？

不老神话

来菲律宾后发现自己变年轻了，不是用了什么高级化妆品，也没有做过任何美容处理，而是心态让自己保持年轻。

我先生因工作原因，经常要与侨界人士打交道，而后会给我看他们的合影。我总觉得那都是一些年事已高的人，便问这些人的年龄，答案让我大惊不已，他们中许多人居然在 75 岁以上。我先生说，别看他们年龄大，但精力旺盛，思维清晰，声音洪亮，腿脚灵便，懂政治、懂经济，还经常畅想 20 年后的计划呢。乖乖，难道他们会长生不老吗？

不老是一种精神，这些老华侨、华人以闽南人居多，从小打拼，吃苦耐劳，一步一步地建立自己的家业，铸造自己的商业王国，现在年龄大了，把家族产业传给下一代经营，但他们自己无论是精神还是身体从来都没有退休过，依然活跃在各种社团活动中。

其实我们都是凡体，所不同的是精神追求。刚当选的马来西亚总统马哈蒂尔，彪悍的生命可以在 92 岁再度颠覆人生，正如他所说："我的确蛮老的，不，应该说是很老了，但我还有用。"确实如此，平常家庭，65岁以上就算老人了，自己更是不可否认地走上老年之路。然而自我退休生活又怎样呢？"原以为会很享受退休生活，但后来发现并不是这样子。帮忙养孙子也好，去一些国家旅游也罢，当真正过上不工作的日子，感觉生活空虚，精神无所寄托。"这样说来，人需要工作，而不需要无限期地休息，只有在工作中才能找到被社会承认的存在价值。

每个国家都有退休年龄限制，这是谁也逃不掉的。但是自我退休却不同，需要在心理、重心上做调整，这并不代表停止工作。只有工作的延续，才会有生命的延续，才会让毕生储存的精华再次放射出异彩，这是年轻一代所不可企及的。

"老骥伏枥，志在千里。"与之相比，我辈人生不过半程，何谈休息？"长生不老"或许真的不是神话！

跳蚤市场的文化

每到周末，我家楼下的小公园、草坪、楼宇间的空地，都会有自发性的市场，有职业商贩，也有专门出售二手旧货的，还有卖手工艺品的。这类市场，跟世界其他地方一样，统称"跳蚤市场"。跳蚤市场在周末的马尼拉很活跃，随处可见，因价格低廉，许多人前来淘宝。

据说，跳蚤市场源于法语，始于18世纪的巴黎，后在西方城市盛行。那个时候，穷人买不起新货，旧货买卖便应运而生，旧衣物中藏匿着跳蚤，这样的市场也因此而得名。

后来，跳蚤市场已非彼时，有新有旧，即便卖二手旧货，也是洗涤干净后才出手。蔬菜、水果、食品，自家酿造的果汁、果酒，也是其中的风景。更有商贩专门选择跳蚤市场兜售当地土特产。我每到一个国家，都喜欢逛跳蚤市场。说来也怪，除了本地工艺品，我特别爱看那些老货，没考虑价值，无所谓古董，只是欣赏，总觉得越古老陈旧的东西，越包含着历史文化。在南非，

一台老式收银机

我虽买过乌木雕刻的长颈鹿、犀牛、祖鲁人面具,但更喜欢去淘那些很久以前荷兰人用过的银制品、带锁的威士忌玻璃盛酒器,还有切奶酪的小铡刀。在马耳他,类似跳蚤市场的慈善店,可以淘到老白人捐来的英国小胸针、澳大利亚小挂件、土耳其玻璃辟邪眼等。在美国这个世界移民大国,可淘的东西就更多了。那时有规定,外交官不许去跳蚤市场,可在离任前,我还是忍不住跑去逛了一天。那是一个超级大的跳蚤市场,东西方文化的代表都能看到,对我这种定力较差的人,是一种考验。最后,当然不能辜负自己,日本碎瓷挂盘、西班牙宫廷烛台、荷兰骨瓷首饰盒……通通收入囊中,回去清点一下,似乎是小小联合国了。

来到菲律宾,岂能放过这个有地域特色、有历史故事的国家的跳蚤市场?博古柜里已经拥挤不堪,新旧无妨,件件渗透和昭示着这东南亚岛国古朴与华丽的文化。

万圣节你想如何"作妖"

万圣节又到了,在马尼拉到处可以看到商店橱窗和饭店窗前挂着蜘蛛网、骷髅和燃起的南瓜灯,住户家门前也可以看到"吸血鬼",甚是恐怖。

万圣节是西方的传统节日,是大部分年轻人纵情玩乐的好日子,也是一年中可以装扮成妖魔鬼怪的样子去吓唬别人的日子。万圣节源自古代爱尔兰人的新年节庆,此时也祭祀亡魂,就如同我国的中元节。他们也用食物祭拜祖灵及善灵,以祈平安度过严冬前一天晚上(也就是万圣节前夜),小孩子们会化装,戴上面具,挨家挨户收集糖果。这"闹鬼"的一夜,也叫"鬼节"。"Hallow"来源于中古英语halwen,与holy词源很接近,在苏格兰和加拿大的某些区域,万圣节仍然被称为"Alhallowmas",意思是纪念所有的圣人(Hallow),这天要举行弥撒仪式(Mass)。

记忆中,第一次参与万圣节是在纽约,每年的万圣节,曼哈顿岛上都要举行声势浩大的游行,任何人都可以加入其中,而我只是观众。我看见人们全副武装地把自己装扮成某个鬼神妖怪,旁若无人地穿行在大街小巷和酒吧、快餐店，猛然间竟忘记自己是在人间，而是仿佛置身于地狱之中。大家见面，不论是否认识，都会打招呼，高喊对方扮相的名字，就像我们的孙悟空看见猪八戒和沙和尚一样，都是从故事中走出来的人物。那时我就边看边想，难怪玩不到他们那种程度，原来是文化差异在作祟。

我住的公寓也弥漫着浓郁的万圣节气息，吸血鬼、骷髅头惊悚地悬挂在过道中，恶作剧也时有发生，比如门把手上被孩子们抹上了黄油，也有小孩子敲门讨糖的"Trick or Treat（给糖还是捣乱）"不断发生。

菲律宾的万圣节主要受西班牙和美国的影响，在10月31日晚上之前，人们都要回到自己的老家，在家族墓地为故去的人祈祷，所以菲律宾人也称这一天为"亡灵节"，他们的祈祷一直到11月2日才结束。也有很多人不回老家，与同事和朋友一块过节。据说马尼拉的BGC社区为万圣节准备了花样繁多的闹鬼活动，我将继续做旁观者，看看这些疯人们如何"作妖"。

寻根之旅

华裔寻根活动进行得如火如荼，因其内容丰富多彩，吸引了世界各地的华侨华人踊跃参与。身居海外的中华儿女踏足寻根，来到华夏大地，触摸中华血脉，亲身体验中华文化之博大。

出生在海外的"侨三代""侨四代"，对祖籍国缺乏认识，他们的父母热切希望子女能多多了解中国，迫切需要通过寻根活动来增进对传统文化的认知。中国人都有强烈的"根"的意识，参天大树，必有其根；万里长流，必有其源。"寻根之旅"有一种落地生根的感觉，一种有血脉之源的感觉。

菲律宾的中国"寻根之旅"已经开展了近二十年，参与者从最早的百余名增加到如今的万余名。不少华裔青少年生长在菲律宾，对中华文化不甚了解，学习中文的机会也不多，他们渴望走进中国，参观名山大川，了解悠久历史的发祥地，再到一些学校交流，学习汉语知识、武术、国画、书法等。

不过，也有人提出了质疑，担心青少年们只是匆匆过客，走马观花地看了几处名胜古迹，买了几件纪念品，品尝了某些地方小吃，拍了几张照片晒晒朋友圈，与普通游客并无两样，不知"寻到之旅"寻到了什么、根在何处。

其实，要说"寻根之旅"所寻，应该是文化之根、文明之旅。孩子们通过学习中国历史文化，追溯自己的族谱，触摸家乡的山山水水，唤起对祖籍国文化底蕴的认同。

众所周知，文明是人类智慧的结晶，文明无国界，无论物质文明、精神文明，还是政治文明、生态文明，一切都属于全人类。二十年后的寻根之旅，一方面是寻得血脉传承，另一方面是亲历和目睹中国最发达、最现代化的建设成果，这对华裔孩子们的思想影响更加深远。

"寻根之旅"的意义在于，帮助广大海外华裔青少年深刻了解中国国情，接触中华文化，促进海内外交流，最终使得"寻根之旅"成为文明之旅和情感之旅，让青少年们情不自禁地把根深深地植入心中。

一桥跨中西，汉语连世界

"汉语桥"中文比赛，是由孔子学院总部和国家汉办为激发世界各国青年学生学习汉语的积极性，增进世界对中国语言与中华文化的理解，自2002年起开始举办的系列中文比赛。比赛包括大学生中文比赛、中学生中文比赛和全球外国人汉语大会三项赛事，每年举办一次。

第17届"汉语桥"世界大学生中文比赛菲律宾赛区总决赛，在红溪礼示大学孔子学院的承办下，完美落幕。这是中菲两国关系逐渐升温后，掀起的又一次汉语热潮。为了给菲律宾汉语学习者创造一个展示自我、提升自我的全新舞台，时隔四年，"汉语桥"终于再次在菲律宾举办。最终，在10名优秀选手中，红溪礼示大学孔子学院三年级女学生，20岁的安梓彤脱颖而出，夺取总冠军。她将获得赴华参加"汉语桥"全球比赛的资格。

"汉语桥"中文比赛吸引了全世界120个国家和地区的热爱中国文化和汉语的选手参加，也受到世界各国汉语学习者的高度关注，被誉为"汉语奥林匹克"。之所以称之为奥林匹克，是因为其难度相当大，选手不仅要学习汉语，还要学习中国文化。比赛内容广泛而严格，选手要经过汉语语言能力，文化技能（武术、流行歌曲、现代诗、古典词等），综合能力的比赛。此外，比赛还设有笔试、演讲、才艺展示、即兴问答等环节。

学汉语，对热爱中国文化的许多大学生来说有着超乎寻常的吸引力，他们乐此不疲。一名选手说："有时候我会畅想，再过几十年，通过自己的努力，影响到许多年轻人理解菲中两国文化的差异，进而相互包容、相互合作、共同进步，很有自豪感。"这一席话感人肺腑。这次参加比赛的大学生选手，将来可能会在菲律宾公立中学做汉语老师，在菲律宾这片热土上辛勤努力地播撒汉语的种子。

"汉语桥"系列中文比赛已成为各国学生学习汉语、了解中国的重要平台，在中国与世界各国青年之间架起了一座沟通心灵的桥梁，使一批又一批外国学生熟悉中国，也让汉语这座"桥梁"连接中国和世界，增进世界各民族文化之间的深度融合。

又是一年清明时

"梨花风起正清明,游子寻春半出城。日暮笙歌收拾去,万株杨柳属流莺。"这是宋代诗人吴惟信的《苏堤清明即事》。

上初中时,父亲教我读这首诗,那时觉得诗所描写的场景和意境实在太美。游人结伴出城,踏青寻春,笙笛呜咽,歌声袅袅,微风拂面,杨柳依依,真是令人心旷神怡,整首诗写出了西湖风景的优美宜人。父亲让我写读后感,我只知道羡慕美景,却写不出其中的内涵。

少年不知愁滋味的心,完全不喜欢"清明时节雨纷纷,路上行人欲断魂"的悲凉。直到成年,直到父亲辞世以后,我才懂得纷纷细雨沾湿发梢、沾湿面额,是一注思念的泪,如此涟涟,如此牵情。

又是一年芳草绿,又是一年清明到。清明,这个千年的节日,寄托着多少后人对故人的追忆与思念,思念又像泰山一样千古不移,像大海一样无边无际。或许是因为心头蒙上了哀和思,极目望去,无论是山、树、花、草,都染上了肃穆的气氛,成了一幅淋漓的水墨画，亦浓亦淡，在心底流连。

其实，我很喜欢清明，它是冬的归宿，春的始端，褪去雪的衣裳，看涓涓小溪流淌，枯木发新芽；看杏花带雨而开，梨花伴露而眠，垂柳随风而舞，浮萍逐波而行。春天的旷野，长河落日，群山尽染，野渡横舟，炊烟袅袅。那是质朴的美，原始的美，自然的美，美中还透着灵性，承载着心的归宿，承载着岁月的研磨。

清明似丹青，虚实在心，浓淡在情。当你的思绪如行云流水般涌现，自己的心田就是一张宣纸，挥洒出情感，可以寄托哀思，也可以诉说离愁。

父亲过世二十几载，还曾记得他在世时淡淡的嘱咐："等我走了，当你想爸爸了，你就写一篇文章。"清明在即，一个天上人间可以用灵魂交谈的日子，此时的父亲，在他的世界看到这篇文章，定会是满意的。

"惆怅东栏一株雪，人生看得几清明。"还是苏轼的人生态度值得一取。在庄严的怀古之后，我们应不辜负这大好春光，放飞纸鸢，放飞心情。不语快乐，只言安好！

甘洒热血的"华支"抗日勇士

每年的清明节这天，大使馆都要组织外交官与当地的华人华侨一同去义山扫墓。义山有一座华侨抗日纪念馆和抗日英雄杨光泩烈士纪念碑，这是菲岛华侨与当地人民一起反抗日本统治，不屈不挠，抵抗到底，勇于牺牲的铁证。

1941年12月7日，日本偷袭珍珠港，挑起了太平洋战争；同日，轰炸菲律宾，不久登陆菲律宾，不到半年，菲律宾全境沦陷。战争乍起，菲律宾华侨行动起来，组织抗日，在邦邦牙省开办"游击干部培训班""政治军事训练班"，招募游击队员。1942年5月19日，由两个排四个班共52人组成的独立部队——"菲律宾华侨抗日游击支队"（简称"华支"，英文"WHA－CHI"）正式成立。"华支"又名"48支队"，含义是新四军和八路军，表示对这两支部队游击战术的敬仰。

这支勇猛善战的队伍不断壮大，他们克服重重困难，驰骋中、南吕宋，抗击日军的一次次扫荡，配合美军在1945年7月取得全境胜利。1945年8月15日，日本宣布投降，中国抗日战争胜利，"华

与李康希老人合影于义山公墓

支"抗日历史任务完成，9月中旬，全体队员正式复员。这支全部由外国公民组成的特殊抗日部队，建军三年四个月，战斗在吕宋岛13个省，作战260余次，杀、伤、俘日军2000余人。

我们在义山，总能遇到96岁的华支游击队员李康希老人。他经常来这里祭奠与他一同作战的战友们，他给我们介绍那70多位牺牲的勇士。一幅幅照片上的战士风华正茂：陈村生，1917年出生于晋江深户，1945年4月牺牲于战场，年仅28岁；尤鸿源，原籍泉州罗溪乡，1944年被俘，受尽日军酷刑，不泄密，后被杀害，年仅25岁……

一个国家的侨民，当侨居地遭到侵略，自动组织武装队伍抗击，将生死置之度外，这是何等伟大的品德！一段可歌可泣的历史，是华侨史上最光辉的一笔，是中菲友好历史的重要篇章。

从侨批看海外华人的爱国情怀

侨批，是海外华侨华人寄给国内家乡眷属的汇款和书信的合称（"批"是福建、广东方言对书信的称呼），又称"银信"。早在清乾隆年间就有了关于侨批的记录，清末民国时期最为盛行，直到20世纪侨批业务归口中国银行管理，侨批才退出历史舞台。2018年12月9日，由菲华商联总会和福建省档案馆在商总联合举办的"世界记忆遗产——侨批档案图片展"，向观众展示了一批珍贵的侨批档案，让人们通过一封封满载亲情、记载着海外侨胞拼搏奋斗史的信件，看到了中国的发展变迁以及海外侨胞与祖国同呼吸共命运的历史足迹。

海外华侨华人为中国革命和民族解放事业做出了卓越贡献。在辛亥革命和抗日战争时期，许多爱国华侨或慷慨解囊，或捐躯为国，为实现民族复兴立下了不朽功勋。辛亥革命爆发前后，广大海外侨胞追随孙中山先生从事革命活动，通过侨批提供经济支持，仅闽籍侨胞捐款总数就不下200万元。

一幅菲律宾华侨、同盟会会员陈松铨寄给黄开物的侨批，提

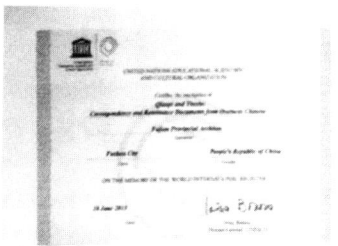

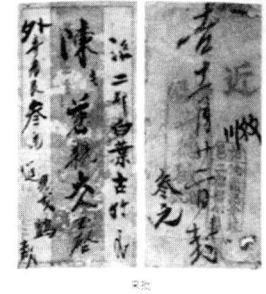

2013年侨批档案入选联合国教科文组织《世界记忆名录》证书
Certificate of Qiaopi Archives getting selected into the Memory of the World Registry in 2013

回批
Inbound Qiaopi

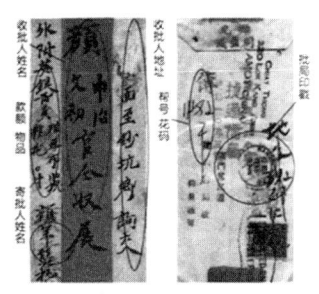

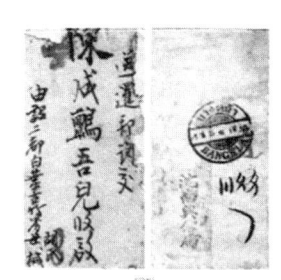

回批
Return Qiaopi

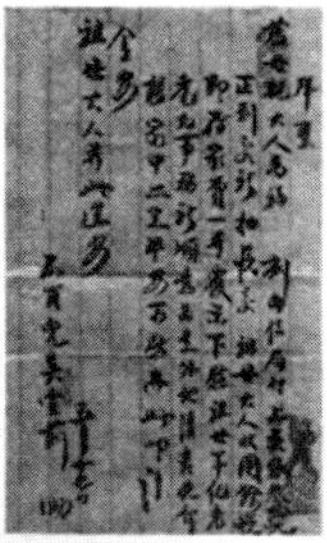

侨批一般在批封正面写明收批人和寄批人的地址、姓名以及数额，有的还特别写上所寄的物品名称，背面则盖有批局的印鉴、宣传广告或"花码"字的图案。
A Qiaopi normally indicates the sender and the receiver's addresses and names and the amount of remittance on its front cover. The name of articles contained may also be indicated in some cases. The back side bears the seal, advertisement and a "code" pattern of the Qiaopi Agencies.

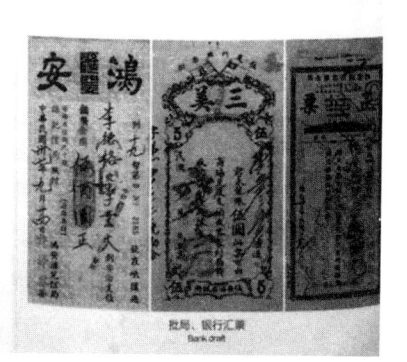

批局、银行汇票
Bank draft

侨批批封

47

及了同盟会菲律宾分会通过出演现代戏进行筹款的情形。"九一八"事变后，海外华侨发动了抵制日货运动，许多侨批印戳有"抵制仇货，坚持到底。卧薪尝胆，誓雪国耻"等内容。抗战时期，由华侨领袖陈嘉庚先生领导的南侨总会，号召爱国华侨捐献物资，捐款总计超过13亿元，侨汇超过95亿元，占当时中国军费的43%。展览中有一封由菲律宾寄往福建晋江的侨批，批封背面盖有"请购救国公债"的印戳。

另一幅图片，则展示了由厦门同安籍菲律宾华侨康起图寄给妻子王申妃的一封侨批，内容提及中国的抗战，称中国国民应该"有钱出钱有力出力，此乃当然职责"，爱国之情跃然纸上。展出的侨批图片，就像一面面放大镜，让人们一窥海外华侨华人的民族大义。

孙中山称华侨华人为"革命之母"，毛泽东评价陈嘉庚为"华侨旗帜，民族光辉"，这些赞誉，他们当之无愧。此次图片展，让旅菲华侨华人回顾先辈曾经的艰难历程，从他们的爱国情怀中，激发民族自信心，找到不忘初心继续前行的动力。

巴丹纪念日

菲律宾的公共假日颇多,多到连本国公民都记不清了。几天前,我去饭店吃饭时,顺便问服务生 4 月 9 日是什么假日,小伙子想了一会儿说:"是特殊日子,西班牙、美国、日本?"看他为难的样子,知道他真是很难说清楚了,这才放过他。

今天就是 4 月 9 日,巴丹纪念日(BaDan Memorial Day),菲律宾的公共假日,但并不是值得庆祝的节日,而是 77 年前菲律宾最屈辱的一天。

1941 年 12 月 7 日,日本偷袭了美国夏威夷海军基地珍珠港。次日,美国对日宣战,太平洋战争全面爆发。10 小时后,日本又偷袭了菲律宾克拉克机场的美国远东空军基地,猝不及防的美国空军遭受严重损失。美菲联军在巴丹半岛与日军激战 4 个月后,因缺乏支援与接济,于 1942 年 4 月 9 日向日军投降,投降人数约为 7.8 万。

一位美军幸存者列斯特·坦尼,在他的回忆录《活着回家——巴丹死亡行军亲历记》中,清晰地记录了全过程。巴丹半岛投降的联军战俘，在日本士兵的押运下，于1942年4月10日，从167号里程碑开始徒步行军，前往120公里以外的奥德内尔集中营。这是一次死亡之旅，一路无食无水，战俘沿路随时遭到日寇刺死、枪杀，或饥渴至死、病死、累死，行军6天，约有1.5万人丧命。他一遍一遍地问自己："我活着就是等着被屠杀吗？今天轮不到我，那么明天、后天、大后天呢？对于这样的暴行，我还能忍受多久？"而在随后的两个月里，又有2.6万人死于战俘营中。

巴丹死亡行军，是第二次世界大战中，日本制造的震惊世界的战争罪行与虐待俘虏事件，与新加坡大屠杀、南京大屠杀齐名，是日本军国主义在远东犯下的惨绝人寰的三大暴行之一。

巴丹纪念日，不同于其他的假日。它是对在这次死亡行军中死难的菲律宾军人和客死他乡的美军士兵的缅怀，同时也警示后人，但愿世界和平，战争不再。

科雷吉多尔"战争岛"

每年4月,本是春风拂面笑靥暖的季节,却总让人陷入怀念和感伤中。菲律宾的4月和5月,堪称悲壮月。1942年4月9日开始了惨绝人寰的"巴丹死亡行军",5月科雷吉多尔战役爆发,这是日本征服菲律宾战役的高潮。我曾参观过那座岛,残垣断壁足以证明战役的惨烈。

科雷吉多尔岛(Corregidor Island),形状如蝌蚪,位于马尼拉湾入口处,是军事要塞。从西班牙、美国殖民统治到日本侵略,再到1946年菲律宾独立,它一直是重要海港。科雷吉多尔岛沿海设有炮兵,在美国殖民时期,还有一个小型军事机场。

1898年5月4日,美国军舰在巴丹岛登陆,迫使岛上的西班牙军队投降,结束了西班牙对该岛328年的统治。1902年,美军把巴丹岛作为军事保留地,在岛上建立了一所陆军医院,并开始构筑防御工事,各处建造混凝土炮台。

经过建设,岛上交通和生活设施逐渐齐全,有道路和电动铁

战争岛美菲联军塑像

轨，电动车是主要公共交通工具；还有电影院、棒球场、游泳池和专门供水站，以及商业和社交中心。美国还发展殖民区的教育，设立高中学校，让美军的子女和菲律宾的孩子们有书可读。

太平洋战争让美国的一切计划都化为泡影。日军偷袭马尼拉之后，只有科雷吉多尔岛是唯一受美国控制的地区。此后，日军对科雷吉多尔岛疯狂轰炸，岛上所有的设施和防御工事全部被炸毁。1942年5月6日，美军在马林塔隧道投降。44年前同样的日子，西班牙军向美军投降，这是一个多么悲惨的玩笑。麦克阿瑟在撤退后发誓说："我还要回去！"1945年初，美军反攻大轰炸，摧毁了日军的工事，并用空降部队夺回该岛。3月2日，麦克阿瑟返回该岛。

战争结束后，岛上修建太平洋战争纪念馆和公墓，以纪念参战的菲律宾士兵和美国士兵，许多参战的退伍军人来此告慰牺牲战友的英灵。战争纪念碑后面刻的是"永恒的自由之火"，希望世界不要重蹈覆辙。

妈祖下南洋

  妈祖来了。10月22日上午9时30分，湄州妈祖在2300位信徒的护航下，乘坐大西洋号邮轮，历经两夜一天的海上航行，抵达马尼拉港国际邮轮码头。只见妈祖正襟端坐，慈眉善目，面容娇嫩，温婉可人，祥云锦袍，如此娴雅美丽的女子，却是力量的化身。

  有史以来，最大的中菲民间文化交流活动"妈祖下南洋，重走海丝路"，巡安菲律宾暨慈善系列活动开启。因南北文化差异，我从来没有认真了解过妈祖的故事。这次在菲律宾大开眼界，真正感受到了妈祖在福建及台湾地区人民心目中的重要地位。

  听闻友讲述，传说宋朝年间，妈祖降生在福建湄州一个小渔村的林姓家庭，取名为默，当地人也称之为林默娘。她幼时聪颖，好读书，精研医理，行善济世。她熟习水性，传说能"乘席渡海"，救助遇难的渔舟、商船。她还会预测天象，预测出海吉凶。九月初九，她在海上搭救遇险船只时，不幸被桅杆击中头部，落水身亡，年仅28岁。当地人为纪念她，修建祠堂，又经漫长的历史化和神化，最后形成普遍的妈祖信仰。

中国东南沿海的人们，以海为田，以渔为业。他们在船舶起航前先要祭拜妈祖，祈求顺风和安全，船上立妈祖神位供奉。这就是"有海水处有华人，华人到处有妈祖"的真实写照。妈祖被神化为"海神""护航女神"等，形成了海洋文化史上最重要的民间崇拜信仰，近千年来，不曾改变。2009年，"妈祖信俗"被联合国科教文组织列入《人类非物质文化遗产代表作名录》，妈祖文化成为全人类的精神财富。

从古至今，为了谋求生路，大量闽人向海外移民。妈祖信仰随着福建人的脚步下南洋，渡日本，妈祖不仅是海运保护神，也是海外华人的精神支柱，她代表着中华文化、华夏观念的教化。

古有"丝绸之路"，今有"一带一路"，把中国与世界连在一起，是沟通人类物质文明和精神文明的对话之路。妈祖也作为一名"外交特使"，巡安东南亚，守望着每个扬帆远行的中国人，守护"海丝路"沿线国家的人民，让民心代代相通。

慢时光的回味

在都市中,听到最多的词是:高效、快捷、速度、抗压。人们好像每天都在抢,抢着挤公交车、挤地铁,抢着在红灯之前的几秒钟闯过去,似乎在北上广生活,如果没有这个节奏,就会跟不上时代发展的步伐。

富兰克林的名言"时间就是生命,时间就是金钱",曾经激励无数人化身为社会机器的一个齿轮,沦为时间的奴隶。如今的科技时代亦是如此,没有时间耐心说话和交流,更没有时间认真看书品读,微信公众号里的碎片文字、快餐文化迅速下咽足矣,所有的时间都已被工作填满。

在国内,常听人说忙到没有时间生孩子,这真是人类第一大笑话,却偏偏是一种真实存在的现象。稍微挪动一下脚,你就没有了职场位置,紧接着撼动的是你的薪水袋子,然后牵动着你的房贷、车贷和保险等,就像多米诺骨牌,倒下一枚,将全军覆没。

来到菲律宾工作后,我的生活节奏转慢,而工作、读书、运动、写作、旅游等,内容丰富,而又有条不紊。慢生活是一种心态，而不是一种状态。慢，不等于没有效率。有句老话说，"心静自然凉"，关键在于心，一个情绪不好的人会变得内心浮躁，易缺乏计划和统筹，易犯错误。反之，内心平和，悠然做事，张弛有度，看似慢，其实效率极高。

慢是紧张劳作后的深呼吸，慢是疲惫后安心的睡眠，慢是连续加班后犒赏自己的美食大餐。慢是闲庭信步，慢是喂猫弄草，慢是在心里开出一朵属于自己的莲……所有这些"慢生活"与个人资产并无太大关系，只需有平静和从容的心态。正如"慢生活家"卡尔·霍诺指出的那样："慢生活不是支持懒惰，放慢速度不是拖延时间，而是让人们在生活中找到平衡。"

"慢"也可以换成"漫"，生活不是一场赛跑，生活是一场旅行，要懂得去欣赏每一段风景。漫，是把自己浸在午后的阳光里，饮一杯果汁，看一本心爱的书，或者什么都不做，躺在舒适的沙发上发呆，在繁重的工作间隙，给自己一段独处的闲暇时光，过一种健康、浪漫的"原味生活"。

地震小记

那天一如平常，下班进家门，换上家居服，准备做晚餐。

突然，感觉脚下在晃，原以为是楼里正在装修，定睛看去，家里的东西都在晃动，窗帘在飘动，透过窗纱隐约能看到对面的楼也在晃。无疑，这是地震，我立刻双腿发软，身体失去重心，慢慢坐到地上。

大楼继续摇晃，像荡秋千，我恐惧地想：17层楼，会不会被甩出去？人是很奇怪的，惊恐中会臆想出许多可怕的场景和结果。这时，一种怪声音从我头上传来，像是从墙体中发出的闷闷的轰轰声和咯吱声，听得人毛骨悚然。这声音不会让你想到死亡，但会让你从心里产生恐惧。来菲律宾之后，经历了三次地震，此次最为严重。虽然惊慌，但脑袋还算清醒，我和先生躲进卫生间，手紧握在一起，他用手的力量安慰着我。几十秒，就像几十分钟一样漫长。

稍稍稳过神，我抄起手机录下这令人惊恐的时刻。打开"地震速报"，还没有更新消息，再看朋友圈，已有人在发布地震实况。

晃动终于停止,"地震速报"更新为:2019年4月22日,下午5时11分,在南海海域,距离马尼拉107公里处的苏比克,发生6.1级地震,深度27公里。怪不得震感这么强烈。我们被大楼保安"赶着"跑到公寓楼外,立刻被镇住了,一向安静的街区站满了人。

猛然想到,唐山大地震只用了23秒就将一切夷为平地,站在林立的高楼下避震,岂不是在劫难逃,何况脚下还是巨大的地下停车场呢?

人终有一死,只是方式和时间不同而已,但以我的感受,恐惧远比死亡更可怕,恐惧是在有意识的情况下,承受高度紧张和不可抗拒的无助感。一位朋友在朋友圈说:"我以为我早就看淡生死,今天竟然如此强烈地感到恐惧。恐惧和怕死绝对不是一回事。"

人生会经历无数次生死、恐惧的考验,任谁都做不到云淡风轻。生死何其玄妙,终非人力所能企及。人所能做的,唯有平常时分,善待自己和别人,但愿人人祥和平安!

苏禄国王与中国皇帝

1987年，中国与菲律宾合拍了一部电影《苏禄国王与中国皇帝》，而且是两国导演合作完成。

故事讲述了明朝永乐十五年，中国水师主张荡平南洋，而皇帝朱棣则遵太祖遗训，派郑和下西洋，对外藩诸国"厚往薄来"，以和为贵。苏禄国王感激之余，决定亲自赴中国拜见皇帝，经过曲折行程到达中国，由郑和陪同见到永乐皇帝，进金镂表文，献珍珠、宝石、玳瑁诸物。朱棣以"印诰、袭冠带及鞍马、仪仗器物"还礼。两国友谊加深，缔结友好。回程路上，苏禄国王身染重病，永乐皇帝加派太医，但无力回天，苏禄国王不幸殒殁于德州。永乐皇帝悲悼不已，派官员来德州为其举行隆重葬礼，并赐谥号"恭定"，建造王陵，墓碑题刻"苏禄国恭定王墓"。

苏禄国王的长子娶明朝公主一同回国继承王位，王后葛木宁跟两位小王子温哈拉和安德鲁留居中国。他们居住在德州北营村，世代侍奉苏禄国王的陵墓，至今已传二十余代。清雍正年间，苏禄国王后裔正式以温、安为姓入籍德州。

这是一部中菲情感交融、两国通商交往的大型传奇史实故事片，于1987年9月19日在加拿大多伦多电影节首映。

苏禄苏丹国（Saltanah Sulu），兴起于14世纪中叶，是古代以苏禄群岛为统治中心的一个信奉伊斯兰教的酋长国。它经济发达，国力昌盛，是当时东南亚的海上贸易中心，主要盛产上品珍珠和手工业品，造船业也较为发达，与中国商人贸易频繁。史载，1417年，苏禄东王率眷属与陪臣300多人，沿着海上丝绸之路，跋涉万余里，踏上中华土地，受到明成祖的极高礼遇。自此以后，原本只是民间交往的两个国家，关系空前紧密。据菲律宾史学家著述："菲律宾人从中国人那里学会了使用瓷器、雨伞、锣和其他金属制品……"

2017年9月13日，苏禄国王携皇室家族一行20余人到达中国德州，参加在苏禄王御园举行的"纪念苏禄东王首次赴华600周年"仪式。15世纪至今，经过历代政府的妥善照料，苏禄王墓依然完好如初，充分见证了中菲两国绵延数百年的深厚友谊。

宿务印象

许多来菲律宾度假的人，总是把首都马尼拉放在首站，因为它是政治、文化中心，可从欧式的建筑、教堂、人文印记中寻找菲律宾的发展历史，在周边的岛屿、海域领略岛国风情。然而，真要深度了解菲律宾，另一座城市是不容忽视的，那就是宿务。

两年前，我第一次踏上这座城市时，便喜欢上了它。初识它，觉得它是破旧的、衰败的，城区没有摩登建筑，街道狭窄，从里到外看不到一丝繁华的景象。它是散淡而安静的城市，夜晚则透露了它的性格，大部分商店早早关门，街灯寥落，只有路边不甘寂寞的年轻人在吃烧烤喝啤酒。就是这座城市，有着让人读不完的故事。

其实，宿务的美誉很多，如"南方皇后市""南洋天堂"等。有人说，菲律宾的发展是从宿务开始的，这种说法不无道理。1521年，西班牙航海家麦哲伦带领200多名船员乘5艘船横渡大西洋和太平洋，在宿务登陆。在7000多个小岛中间，麦哲伦坚定地选择了群岛中的宿务，除了它重要的地理位置，还有它的美。这里有波澜壮阔的大海，群岛逶迤环绕，沙滩辽阔洁白。有人

宿务圣婴大教堂

说：沙漠是沙的大海，大海是水的沙漠。我认同这种说法，感慨怎么全世界的水都汇到这里来了！

菲律宾有81%的人信仰天主教，而宿务是菲律宾天主教的发源地。可以说，西班牙殖民者是用军队和传教士征服菲律宾的。莱加斯皮将军建造的圣婴大教堂，是菲律宾历史上第一座天主教堂。相传由麦哲伦运来的高约40厘米的耶稣圣婴像，是麦哲伦在1521年送给女皇胡安娜象征友谊的礼物。

宿务是菲律宾第二大城市，是最古老的城市，也是一座活的菲律宾历史博物馆。华侨与华人在宿务有几百年的侨居史，他们从事贸易、旅馆餐饮、金融与加工等，掌握着宿务的经济命脉，与菲律宾人相依相伴。

这座历史悠久、南国风情浓郁的海滨城市，已经让我流连忘返了。

为何用勺不用刀

刚来菲律宾时我就发现，菲律宾人吃饭的工具很有趣，无论吃菲餐还是西餐，都是右手拿勺子、左手拿叉子，动作娴熟、准确到位，这种怪现象让我无比好奇。

究其渊源，与西班牙的殖民统治是密不可分的。从1565年沦为西班牙殖民地，到1898年6月12日宣布独立，西方300多年的殖民统治，在语言、服饰、习俗、传统、宗教及文化规范方面，给菲律宾人留下了深远的影响，虽然菲律宾后来也经历了美国和日本的统治，但是西班牙留下的印记要更深于其他国家。

其中，西班牙对菲律宾美食和餐桌礼仪的影响较为明显。西班牙人喜爱的烤乳猪、纯炖肉、香蕉土豆烩肉、芸豆炖肉、海鲜烩饭，以及奶制甜品，如焦糖布丁等，被当地人认为是奢侈菜肴。随着时间的推移，菲律宾人逐渐对西餐进行了改良，西餐中的刀、叉、勺，也随着其使用的贫民化，由烦琐变得简易。由于菜肴中米饭和汤汁较多，勺子和叉子被保留了下来。而那些被他们认为奢侈的菜肴，则只在特殊节日和圣诞节时才会烹制享用，那时刀子才会在华丽的宴会上登场。

菲律宾是一个群岛之国,岛上居民的生活习惯也各有不同,比如农村居民都用右手抓饭,进食前必须先洗手。

菲律宾人对勺、叉的使用达到了炉火纯青的地步。勺子当家,叉子配合,可以不动声色地把一块牛排切割成可口的小块;一块带骨头的鸡或鱼,能用勺子把肉从骨头上剥离得一丝不剩;最神的是吃海虾,用叉子固定住虾头,再用勺子铲5下,一个完整的虾仁便会脱壳。我试了几次,发现这绝不是一日之功。

不仅如此,菲律宾人的吃相是相当值得夸赞的,一是所有菜肴盛在一个盘子里,饭菜界线清楚,不混淆在一起;二是餐毕盘勺干净,绝不剩饭。

移动的地标——吉普尼

说起吉普尼，凡是来过菲律宾的人都对它印象深刻，那奇特的车身形状，夸张的涂鸦图案，如探照灯般的大号车灯，像花车似的行驶在马尼拉街头，绝对吸人眼球，它是菲律宾独一无二的充满年代感又特别新潮的公共交通工具。

第一次见到吉普尼，我就想搭乘，可惜由于摸不清规定行驶路线，又听老同事说，乘坐这样的车必须先形似，比如穿着打扮、发型都要与菲律宾人相似，方可舒服地坐到里面，否则其他乘客会像看怪物般看你，因此直到现在我也没能实现这一美好愿望。

吉普尼浑身上下都散发着"艺术气息"，但你绝对想不到它却是战争的"遗物"。二战结束后，美军撤出菲律宾，把军用吉普车留了下来。战后的菲律宾没有公共交通工具，于是聪明的商人对吉普车进行改造，使它变得宽敞华丽，成为主要的交通工具。吉普尼就这样诞生了，它是吉普（Jeep）和基特尼（Jitneuy，合成出租车）的结合，车身上的涂鸦是为了区分彼此。

移动的地标——吉普尼

吉普尼是上班族最喜爱的交通工具，上下车灵活，且车票价格低廉，起价10比索，每增加一公里只增加1比索，一般每天的交通费在100比索以内。上班路上总能看到擦肩而过的吉普尼，艳丽的色彩，琳琅满目的挂坠，有种嘉年华的错觉，似乎能从视觉上给上班族减压。最令人"佩服"的是吉普尼司机，他兼任售票员，一只手把控方向盘，另一只手指缝里夹着面值不一的纸币，随时收钱找钱，同时还眼观六路。

除了吉普尼本身，我认为乘客也是一道风景，上下班高峰时，在站台上，可以看见长长的蜿蜒的排队乘客，大家静悄悄、不急不躁地向前挪动。每辆吉普尼可以乘坐二十几个人，大家有秩序地上车买票落座，没有拥挤，没有争吵，这是一道文明的街景。在马路上，时而能看见疾驰的吉普尼上演"飞车杂技"，车内满员，赶着上班的乘客只好买"搭票"，交警却视而不见，这是马尼拉街头另一道危险的街景。

除了巍峨的教堂、老王城，菲律宾更能让人记住吉普尼——这道流动的地标风景线。

菲币上的故事

如我一样喜欢旅游的人，每到一国，最爱收藏邮票、邮戳、明信片，还有钱币，那花花绿绿的纸票上记载着重要的人物、历史、人文事件等，可以说是一张"国家名片"。

菲律宾的钱币像所有被西班牙殖民统治过的国家一样，也叫比索（菲律宾语：Peso），现行的菲币是2011年设计并发行的，共分为6种面值，它们的正反面都蕴藏着关于菲律宾的真实故事。

20比索正面中间的人物，是有"国父"之称的曼努埃尔·路易·奎松（1878—1944），右下角是总统府所在地马拉卡南宫；背面是世界遗产巴纳韦水稻高山梯田，中间那小动物是麝香猫，大名鼎鼎的猫屎咖啡就是以这种猫的粪便作为原料生产的。

50比索正面是第二任总统塞尔吉奥·奥斯梅尼亚（1878—1961），右下角是1944年美军在莱特岛登陆的场景；背面的景色是位于吕宋岛八打雁省的塔尔湖，中间是塔尔湖中的淡水沙丁鱼。

100比索正面中间的人物是第三任总统曼努埃尔·罗哈斯（1892—1948），左下角是菲律宾央行总部大楼；背面景色是位于中部米沙鄢的马荣火山，中间的动物是鲸鲨。

200比索正面中间人物是第八任总统用迪奥斯达多·马卡帕加尔（1910—1997），两侧是阿罗约就任总统的场景和著名的巴拉索延教堂，该教堂也是菲律宾第一部宪法的诞生地；背面是大名鼎鼎的眼镜猴和巧克力山。

500比索正面有两个人物，分别为首位女总统科拉松·阿基诺和她的丈夫；背面是著名的普林塞萨地下河国家公园和著名的蓝颈鹦鹉。

面值最大的1000比索正面有三个人物，分别是最高法院大法官何塞·阿巴德·桑托斯（1886—1942），律师、女权主义者约瑟法·利亚内斯·埃斯科达（1898—1945），将军文森特·林（1888—1944）；背面是珊瑚环礁、海龟和珍珠，这些都是菲律宾海底的珍宝。

想不到比索上面还有这么多名堂，以后再使用纸币时，一定要记住先细读一下每一张"国家名片"喽！

沧桑的落日之美

每一次站在马尼拉湾看落日，都被它的美所震撼！

落日，这种极普通的自然现象，在地球的任何角落都可以发生，只是因着日复一日的轮回被人们所忽视。而当你看到马尼拉湾的落日时，却不能不为那夕沉的霞光之美动容。

马尼拉湾位于马尼拉市西侧，是一座美丽的天然海港。它全长60公里左右，出口通往中国南海，具有重要的战略地位。几百年来，马尼拉湾历经风波却浪花依旧，默默地守护着身后的吕宋岛，静静地展现着独属于马尼拉湾的美丽。

马尼拉湾落日被誉为世界上最美的夕阳之一。每到黄昏，站在马尼拉湾毗邻的罗哈斯海滨大道（落日大道），看太阳渐渐靠近海平面，红彤彤的晚霞布满整个天空。霞光照亮了天，照亮了海，照亮了城市的每一栋建筑。天和海似乎在燃烧，迸发出壮烈的激情。慢慢地，太阳沉入海中，漫天红霞转为灰蓝色，大海也随之沉寂下来。从远处酒吧里飘来了悠扬的音乐旋律，整个壮美情境中透着逝去的苍凉，苍凉中又萌动着重生的希望。罗哈斯大道总是挤满观落日的人群,默默地目送太阳沉没。

马尼拉湾是世界最大的海港之一,是菲律宾面积最大的商业渔场。巴丹半岛和中科迪勒拉的山脉形成天然屏障,使马尼拉湾成为优良锚地。它地近东南亚,早在1571年西班牙殖民时期就具有重要商业地位。1898年5月1日,美军在美西战争的决定性海战——马尼拉湾战役中摧毁了西班牙舰队,舰船与鲜活的生命一同沉入深深的海底。几百年来,这里演绎着战火硝烟和悲欢离合,每一朵浪花、每一寸土壤都见证着殖民者的长靴和勇士们的热血,留下了不可磨灭的历史印记。那沉入海底的不仅仅是一轮落日,还有满满的岁月沧桑。

日落海底,夜幕姗姗降临。罗哈斯大道旁各色酒吧里的喧闹声,使马尼拉湾的海水显得更加静寂。

海上落日

遗世天堂爱妮岛

菲律宾著名旅游专家庄先生说，如果你只有一次来菲律宾旅游的机会，那你一定要选择去长滩岛（Boracay Island），因为长滩岛有广阔的大海、珊瑚磨碎后形成的细腻洁白的沙滩，以及独有的海上落日；如果你有两次机会，第二个选择是薄荷岛（Bohol Island），它除了有白色沙滩，还有颇具神话色彩的巧克力山和热带丛林特有的眼镜猴、彩蝴蝶等，一直被旅游者们追捧为老少皆宜的旅游好地方；如果你有三次机会，那么第三个选择就是爱妮岛（ElNido）了，之所以把爱妮岛排在第三位，只因它被小众旅游者所喜欢，那近乎静止的美，只适合喜欢发呆的人群。而我属于那小众之一，这是我后来的体验。

一

去年圣诞节前，当北半球大部分国家正处在隆冬季节的时候，我已经到菲律宾7000多个岛屿中一个叫爱妮岛的地方度假了。我不是痴迷于旅游的人，但是一旦决定，便会认真研究和准备，珍惜每一次与大自然亲密接触的机会。

　　这次出游爱妮岛，我们一家与庄先生一家同游，守着一位旅游专家，精神会放松许多，只要带上一双眼睛，跟上大部队行进的步伐就好了。其实，庄先生在给我介绍旅游排序时，总是很夸张地把爱妮岛放在第一位，他说爱妮岛是难以想象的人间仙境。到底怎样难以想象，以我的见识，还真是不可想象。

　　选择 12 月份去旅游，一方面是我们的假期不可更改，另一方面也考虑了菲律宾的气候。菲律宾属季风型热带雨林气候，高温、多雨、湿度大、台风多，只分为旱季和雨季。12 月份，正是雨季和旱季的空白点，温度不高，雨量少，气候宜人，最适合旅游。常驻菲律宾三年，我们总会选择这个时候度假。

　　严格意义上说，爱妮岛并不是一个岛，而是巴拉望岛北部的一个海边小镇，周围散落着 40 多个小岛和礁石。它靠近中国南海，是巴拉望的一部分，位于地震构造活跃的板块上。爱妮岛属菲律宾西部岛屿，地势狭长，是冰川时期形成的大陆桥残痕，因此这里的动植物群与菲律宾其他地区差异很大。巴拉望面积 1.1785 万平方公里，人口 31.1548 万，原始生态风貌保护得很好，拥有浓密的热带雨林、种类繁多的物种，北部是一片纯净的处女地，有独特的石灰岩海滨峭壁、隐秘的潟湖。目前巴拉望岛和周围数千个小岛仍保持原始的自然生态，因此被称为"海上的乌托邦"。

　　爱妮岛没有被人们遗忘，因为这里被称为海洋宝库。白沙海滩、珊瑚礁、海龟、石灰岩悬崖闻名于世。爱妮岛目前在美国杂志《康泰纳仕旅游家》的"世界最美丽的二十个海滩"中排名第一。它的名字来自西班牙语，是"金丝燕巢"的意思。当我们坐上螃蟹船，行驶在海上时，可以看到眼前出现的一个个岛屿。爱妮岛的海不是一望无际，那些不知从哪里冒出来的海岛，阻挡了远眺的视线。那些散落在大海之中，巨大而又高耸的石灰岩岛屿所呈现的秀丽景致，是最大的特色。庄先生问我："你看那一个个岛屿像什么？"我想了想说："像盆景。"没错，的确像大自然的神手在海上制造的天然盆景，也有穿梭于桂林山水中的错觉。

当我们靠近立壁陡峭的石灰岩礁石时，庄先生指着天空让我看，我看到岩石的夹缝处，有人在攀岩，我这种恐高的人看了，手脚立刻冒出冷汗。庄先生夫人继续给我们讲解。原来那些吊在半空中攀岩的人，是在采悬挂在石灰岩上的燕巢，也就是燕窝。燕窝是上等补品，在市场上价格不菲，在这里一盏成品燕窝大约1克50元人民币。这听起来还不错，但是采燕窝的人非常辛苦，他们是在没有任何安全保护的情况下，徒手赤脚攀岩到七八米高的山崖，而且不是爬上去就能看到燕窝，还需要寻找。燕窝一般筑在岩石下、夹缝中，或山洞里，要特别细心才能看到。采到燕窝以后还有一个难题，那就是怎样带下来，又不能折碎，越想越觉得这个钱挣得不容易啊。当地以采燕窝为生的人，在出发前要举行一种郑重的仪式，通常是头上系一根彩条，身上只穿一条小裤衩，腰间拴一条红色飘带，一方面是为了远远看去非常醒目，另一方面大概也是图个吉利吧。采到燕窝凯旋后，还要敲锣打鼓庆祝一番。他们憨厚木讷，全身黝黑精瘦，手脚的粗糙程度绝不亚于石灰岩，双脚踩在尖利的崖石上，就如我们踩在平地上一般自如。有人说，到爱妮岛深度游的体验之一，便是穿上夹脚拖鞋攀岩采燕窝，那才叫真正地道的体验。而我，看着眼前这些蜘蛛人，再看看那绝壁，心想还是来生再与那些昂贵的燕窝结缘吧。

有资料说，爱妮岛的金丝燕不同于泰国和马来西亚的海燕，这里的金丝燕是从西伯利亚飞来的，燕窝小，品质高，每年1月份是采燕窝的最好时节。爱妮岛，取这样一个名字，大概也是因为有珍贵的燕窝的缘故吧。

二

爱妮岛是古老的岛群，可以追溯到新石器时代晚期。早在公元前2680年就已经有人类在此居住，在一些洞穴里找到的化石可以作为依据。有史志记载，在中国的宋朝时期，就有商人经常到访爱妮岛，并食用过那里的燕窝。西班牙殖民统治期间，爱妮岛改叫ElNido，西班牙的nido是金丝燕的意思，当时燕窝以每公斤约3000美元的价格出售。

由于爱妮岛与菲律宾大多数有人居住的岛屿相距甚远，因此直到1979年，它的原始美景一直隐藏着。当时的情况大致是这样：一艘潜水船的螺旋桨被金枪鱼绊住，被迫抛锚。第二天早上，潜水员醒来时看到了迷人的暗色悬崖、茂密的绿色森林、白色的沙滩、波光粼粼的水面，以及在它上面升起的一系列雕刻精美的宝岛。自1983年开始，菲律宾政府与外资合作，开始开发爱妮岛的旅游资源，在Miniloc岛建立了一个潜水站，并在Villa Libertad开设了一个简易机场（LioAirport）。目前这里有五个度假村：ElNido Cove度假村、阿普莉（Apulit）、米尼洛克（Miniloc）、拉根（Lagen），以及潘嘉露香岛（Pangalusian）。认识到爱妮岛独特生态系统的重要性之后，菲律宾政府将爱妮岛划定为海洋保护区和资源保护区。

螃蟹船载着我们在波光粼粼的海面上继续行驶，眼前出现了两座岛，像大门一样守在那里，越往前大门越宽广。当我们穿过大门时，仿佛忽地脱离凡间，走入仙境。没有人，没有船，只有层层叠叠的云和不时飞过的海鸟，绵延的山峦，碧波荡漾的大海，还有若隐若现的岩石岛。庄先生提醒："快看右边，直升机岛！"果然，那有机头有翘尾的巨物，远远看去恰似一架卧在大海中的直升机。它叫 Dilumacad 岛，岛屿本身面积很小，但植被丰富，有茂密的雨林，还有一些裸露的岩石，这架由石头做成的直升机，似乎随时可以直接起飞，从深蓝色的大海中升起。

终于，"千岩万转路不定，迷花倚石忽已暝"，不知行驶了多久，绕过一块不起眼的高大岩石后，螃蟹船突然就拐进了一个山坳，山坳里赫然是一个有人居住的村庄，太不真实了。猛然想起，这种恍如隔世的感觉，像极了陶渊明的《桃花源记》中"林尽水源""豁然开朗"的感觉。不过仅仅是恍惚，这里没有"良田美池桑竹之属"，也没有"阡陌交通，鸡犬相闻"，倒是酒店的房子别具特色，几排整齐的客房是菲律宾本土 Bahaykubo（尼巴叶小屋）式的造型。这种小屋原是乡村人的家，由于气候原因，菲律宾经常有台风、洪水灾害，或者也有其他个人原因，需要经常搬家，人走家搬说的就是他们。房子或平放在山上，或者用竹竿架在水面上，房间里的生活用品也很简单，易于搬动。而酒店客房虽然与其相似，但里面却完全是现代化的设备，与城里的酒店设施全无两样，不同的是所有的客房都是水上屋。推开窗是一望无际的大海，倚栏而坐，恍如梦境，任人遐想冥思。随便看向水中，各色鱼儿在游动，自由地穿梭于吊脚楼水屋下，这世界仿佛只有鱼儿和我共享。密林之中，所谓的一岛一酒店，便是当年爱妮岛上开发的第一个度假村——米尼洛克（Miniloc）。

　　米尼洛克依山而建，状如打开的 U 型。夜晚的山坳灯火点点，偶尔传来山顶猴子的啼鸣，或是远远近近的海浪声，耳朵里再无其他声响，我们被静谧裹抱着，时间似乎静止了。海风拂面，丝丝缱绻，我陶醉在与世隔绝的幻觉中，城市的喧嚣与烦恼此时荡然无存。

　　白天看这境地，又是一番天人合一的良辰美景。在酒店码头与大海之间，用堤坝隔出一片海域，海水清澈见底，供住客戏水游玩，可划艇、浮潜。水里有一些罕见的黑夹克鱼，你扔进一些小鱼，黑夹克鱼们会一跃而起争食，状如鲤鱼跳龙门，煞是好看。

　　在米尼洛克周围的岛屿与大海连接处，总能在你意想不到的地方出现一些洞穴，如果没有向导，你是不会发现它们的。向导是一个菲律宾小伙子，他熟练地带我们来到一处岛屿下的小洞口，说这个洞叫 GudongGunog，是 1961 年被发现的。我冷眼看去，那么小的洞口，人怎么进去呢？向导像是看出了我们的心思，立刻说，人要爬着进去，当然爬也是有技巧的。他示范在先，把浴巾铺在洞口岩石上，人蜷曲着，面朝外，然后一个猛劲转身，脚自动就伸进洞口，身体随即也被带动顺进洞里，进洞后人正好是直立站着。看似简单的动作，前人不知尝试了多少次才得以成功呢。等进去一看，这里俨然是花果山的水帘洞，口小肚子大，别有洞天。洞穴宽敞，岩壁耸立，直插云天，如一口井，下面站几十人没有问题。忽然闻到洞里有奇怪的味道，向导说这是蝙蝠的排泄物，岩壁的夹缝就是蝙蝠的家。正说话时，听到头上有扑棱棱的声音，几只蝙蝠从头顶盘旋飞过，大概是抗议我们打扰了它们的宁静。在爱妮岛，人和所有动物从来都是和谐相处的。

米尼洛克岛也许是群岛中最好玩的岛屿了。最吸引人的地方是大潟湖（Big Lagoon）和小潟湖（Small Lagoon），这两个地方都属于巴拉望风景最好、最讨摄影爱好者欢心的地方。所谓潟湖，就是四周山崖，水被安静地包围在当中。它完全是由于地质属性形成的喀斯特地貌，岛岩在海里被侵蚀，非常险峻，有一种鬼斧神工的凛冽之气，又有山水秀丽的旖旎之景。进入大潟湖的水道很浅，要弃大船，换独木舟。穿过一个离水面一米高的崖洞，眼前一亮，竟似一个巨大的天然游泳深潭。大潟湖靠近陆地的一面，被森林覆盖的喀斯特岩壁环绕着，好一派漓江山水好景色呀！

三

在爱妮岛度假，最不能错过的是海上看落日。"夕阳无限好，已是近黄昏"，这句话虽然总给人们心里带来落寞和惆怅，但爱妮岛的落日却不同，会让你感受到不同寻常的壮美之感。

第一次去看日出，庄先生带我们一行人乘坐快艇，停泊在大海深处。无边无际的大海的尽头，一轮红得如硕大的金橘般的落日，在傍晚的海平面上卓然而立。它仿佛吸天地之灵气，由橙红渐渐演变成金红。当这轮金红快与海平面接近时，恰好卡在绵延的岛屿之间，远远望去，犹如二龙戏珠。海上的岛屿则在这片赤色的世界中，呈现出模糊的背影，映衬着那轮浑圆金红的落日。

第二次看落日并没有走出很远，那是在爱妮岛我们入住的第二家酒店——拉根（Lagen）。站在酒店筑起的一道堤坝上，应该就是日落的方向。可惜，那天的天气极不配合，从早上就没见到蓝天，厚厚的云层把大海映衬得灰蒙蒙的。接近傍晚时，我走到堤坝上，漫无目地朝远处眺望。突然，我发现循着岛屿与礁石的方向，在云层最淡薄的地方露出一小点粉色，并迅速扩大，云层也开始变薄发白，渐渐变成一缕一缕的，到后来也被晕染上了粉红色。粉红色在变暗，幻化成了血红色，而道道金光正透过红色放射出夺目的光芒。我从来没有见过如此壮观的晚霞，尽管始终没有看到期盼的落日，但是它的光芒，它的磅礴大气，却透过云霞映红了天际，映红了海面，映红了整个酒店，也映红了我。我站在堤坝上看着这一幕，竟似看好莱坞惊悚大片。我感叹，原来结束也可以如此壮美啊！

再美的梦终有醒来的一刻。假期结束，走出爱妮岛时，我有些魂不守舍。庄先生说我是意犹未尽，我想了想说："不，我是怅然若失！"好在终于释怀了那份失落的心情。

在菲律宾旅游，无论去哪个岛，住哪家酒店，不管是星级的，还是茅草屋，迎来送往的热烈场面，是你在任何国家都难以享受到的。第一天到米尼洛克，螃蟹船还未靠上码头，老远就能看见穿着民族服装敲锣打鼓、载歌载舞的青年男女们。登上码头时，立刻又有人把用椰子叶编成的项圈挂在我们脖子上，并送上一杯爽口的柑橘柠檬（calamansi）果汁，然后热情地帮我们办理入住手续。这时你会真切地体会到何为宾至如归，何为顾客就是上帝。

同样，离开酒店时，场面亦如来时，一群人围着我们，搬行李的搬行李，唱歌跳舞的男女站成一排，挥手告别，那热情的场面让人感动得不忍离去。在即将走下码头走上踏板时，我忽然发现，右侧趴着一只几尺长的蜥蜴，我吓得尖叫一声，跳出一米多远。再回头看时，那蜥蜴纹丝不动，仰起头静静地看着我，翻着乒乓球大的眼睛，那意思是：我来欢送你，难道你不高兴吗？我想这是我在菲律宾住过的酒店中，见过的一次最隆重的欢送仪式了。

马荣火山,传奇"美妞"

马荣火山火了!

从2018年1月13日起,关于菲律宾马荣火山(Mayon Volcano)突然喷出大量火山灰的报道不断出现在各类媒体头条。22日,马荣火山终于喷发,其壮观、美丽,引来无数专家、媒体记者、探险者和旅游爱好者,一睹其芳姿。

马荣,菲语"美妞""漂亮"的意思,被誉为菲律宾的"富士山"。它位于吕宋岛东南部的阿尔拜省,在首都马尼拉东南约330公里处,海拔约2400米,属于复式火山,是菲律宾境内最活跃的火山之一。

马荣火山无愧于"美妞"之称,在不喷发时,号称"最完美的圆锥体",拥有世界上最完整的火山口,是世界上轮廓最为完整的火山。所谓完美的锥形火山,是指无论前后左右哪个角度,无论早晚哪个时刻,都呈现出不同的美!它孤峰挺立,于稻田和椰林中,直冲入天,眺望辽阔大海,山顶处常有白云缭绕,显得格外庄重。

清晨，山口顶端不停地喷出白色烟雾，透过薄淡的空气可一览火山从头到脚的悠然全貌。上有湛蓝天空，下有翠绿丛林，衬得"美妞"如同瑶池仙子，优雅娴静地俯瞰众生。

从远处看，整个马荣火山是一幅瑰丽壮观的自然风景画卷。

白天，当天气晴朗，朵朵白云如轻纱，缥缈的云带萦绕火山流转，犹如浮动的长裙，火山看上去煞是妩媚婀娜。赶上阴雨天，火山隐藏于云雾之中，难得地露出"笑容"，给人以抑郁的神秘之感。

暮色中的马荣火山有一种奇异的美，落日霞光万道，散发着耀眼的光芒，给火山和太平洋都镶上金色，而火山及其映在大海中的倒影，变成了金色中一抹虚实相间的剪影。

夜晚，火山顶端隐隐透出暗红，可以感受到来自地心深处蠢蠢欲动的巨大力量，在漆黑的夜幕映衬下，可以清楚地看到火山顶升起的红褐色烟雾，袅袅婷婷，美丽中透着诡异，好似魔鬼的微笑。

菲律宾人喜欢去火山周围度假旅游，世界各国的旅游者也喜欢来这里探寻火山的奥秘。每年12月到次年2月之间，是看火山的最好时节，恰逢年终假期多，气候好，天气凉爽，雨水较少。在黎牙实比市安营，可以从任何角度随时观看"美妞"，看她优美不变的锥形身姿。

在"美妞"的裙尾处，距离火山不远的达圭达温泉，地热资源来自火山，水温极高，生鸡蛋置于泉水中便可煮熟，许多猎奇者钟爱这一景观。

登山爱好者通常喜欢尝试攀登马荣火山，但菲律宾政府只允许攀登到山腰处，因为山腰以上，在热力的作用下，寸草不生，而且还不时有裂缝涌出灼热的岩浆。其实，站在山腰眺望，远处是浩瀚的大海，头上是喷发热力的火山，"美妞"已经让你充分享受到"一半是海水，一半是火焰"的浪漫了。

曾经有西方游客不顾劝阻，强行登临火山顶部，不幸的是，一去不返，杳无踪影。我想，这些游客，定是有一种"愿在花下死，做鬼也风流"的情怀，把自己的身体和灵魂与"美妞"融为一体。

都说美女脾气大，耍起性子无人能抵挡。马荣火山这位"美妞"心情不佳时，也是说翻脸就翻脸，怒火从心底升起，一发不可收拾。

在众多火山中，"美妞"马荣火山是最为活跃的，自有历史记录的1616年开始，在过去的400年间爆发了50余次，它对称的圆锥体是火山灰和熔岩多次喷发累积的结果。马荣火山最具毁灭性的一次爆发是在1814年，熔岩流掩埋了整整一座城镇，导致1200多人死亡。

在去往马荣火山途中，会经过一个叫卡格沙瓦（Cagsawa）镇的遗址。遗址中央有一个露出地面的塔尖，卡格沙瓦教堂就埋藏在这里。据记载，1814年2月，火山骤然爆发，镇上的居民惊慌失措地跑进教堂避难，不幸的是，火山灰迅速蔓延，很快便吞噬了教堂，一千余人丧命于教堂内。灾难过后，方圆数千米一片荒芜，仅存的教堂塔尖成为这场天灾的控诉者。

"美妞"心情不佳的状况很频繁，平均几年发生一次，每次都会给火山周围的人、畜、田地和果园带来巨大的灾难。然而，任何事情都有两面性，火山爆发固然可怕，后果也很严重，但是菲律宾每座火山的周边城镇却都格外繁荣，因为有火山灰的覆盖，土地反而更加肥沃，为人们的农业生产提供了有力的保障。

2018年，刚刚步入新年，"美妞"就以妖娆的姿态、鬼魅的容颜给了国内外倾慕者一点颜色看。13日开始蠢动，随后加剧，火山隆隆声变得频繁，喷发的火山碎屑流也明显增多。到22日，蒸汽岩浆喷薄而出，造成的灰柱高达5公里，火山灰朝西飘向5座城市。菲律宾政府把警戒级别升至4级（最高5级），意味着"危险性爆发在即"，8万多居民被疏散，学校停课，店铺关门，大批牲畜被转移，机场紧急关闭，所有一切都准备应对即将来临的更大爆发。菲律宾火山地震研究所常驻马荣火山的专家说，"火山喷发看起来像花椰菜或章鱼"，意思是火山岩浆喷发怒放均匀且美艳。看吧，"美妞"在做丑事时，也做得如此完美，让逃生的人们在途中也禁不住回眸一瞥她的骄横之美。

火山，只有在喷发时才是最漂亮、最令人震撼的，就如孔雀，只有在开屏的刹那才最吸引人，惹来观者的青睐。有这样一种说法："虽然马荣火山的爆发造成了重大损失，但对旅游业的影响却是正面的，某种意义上是一种'旅游性爆发'。"来自菲律宾国内外的火山爱好者、摄影爱好者、研究人员和探险者蜂拥来到临近马荣火山的黎牙实比市，他们与撤离的居民正好逆行，尽管菲律宾政府已将危险区扩大到火山口半径9公里内，但是慕名而来的人们始终不肯舍弃这一壮观美景。

更奇特的是，一对菲律宾新人，在马荣火山喷发时，来到贴近火山的达拉加镇，专门拍摄一组浪漫婚纱照，希望拥有一个不同寻常的婚礼背景。当然，大多数人为这对夫妇送去祝福，但也有人指责他们选择的地点不合时宜，因为这座火山给成千上万的人带来了痛苦。而我想，无论如何，这对新人是想通过这种方式，让"美妞"来见证此刻他们火一般的爱情吧！

其实，马荣火山一直与浪漫故事联系在一起。早些时候，有人看到，火山口上方喷出的烟雾，与古老的神话故事中一对拥抱情侣的画面轮廓神似。爱情故事版本很多，其中最贴切的故事是：一个名叫 JunSantiago 的青年与一个名叫"Magayon"（美丽）的酋长女儿相爱，但是酋长女儿的另外一个强势追求者威逼酋长同意他娶"Magayon"，迫于无奈，青年与酋长女儿为了爱情私奔。当他们试图逃离部落的时候，青年中箭身亡，女子悲痛欲绝，抑郁而死，化作一座俊美的山峰。"Mayon"与"Magayon"音相近，神话变为现实，马荣火山由此而得名。传奇故事为马荣火山平添了更神秘的色彩。

马荣火山又一次火了！因它完美的锥体造型而火，因它不朽的爱情故事而火，因它无数次给人们留下不可忘却的灾难而火，因它再一次喷发给人们带来新的震撼而火。据专家说，马荣火山此次喷发的岩浆和火山灰，在火山口形成一个新的熔岩穹丘，替换上一次的旧穹丘，相当于为马荣火山做了一次"整容手术"。若干天以后，当一切恢复平静，"美妞"马荣火山将重展她曼妙、绝色的身姿，再现更诱人的魅力。

奇境塔尔火山

我登上过的火山只有两座，一座是中国吉林的长白山，一座是菲律宾距马尼拉最近的吕宋岛八打雁省的塔尔火山。有趣的是，这两座火山在某些方面极相似，比如都能走到火山口，观看那犹如地球窗口、冒着蒸腾热气的一坛池水，仿佛可以透过池水直达地心。

不同的是，塔尔火山的造型和成因更加奇特。它是世界上最矮的活火山，相对高度仅为200米。塔尔火山位于风光秀丽的塔尔湖中心，如少女怀抱中的婴儿，而其颜色的变幻，却似姐姐在逗弟弟开心。这迷你岛火山口湖据说是由火山喷发产生的积水形成的。

塔尔火山

站在八打雁观景台看塔尔火山，似乎近在咫尺，但要接近它却是一段曲折的路。搭乘螃蟹船是必要的旅程，乘着它在塔尔湖上劈波斩浪行驶近1个小时，方可到达火山脚下。

远看湖心的小火山，如敞开的小竹筒，看似小巧，却直立险峻，到达顶点并不是一件容易的事。许多人选择徒步攀登，虽然辛苦，但可以走直线，缩短时间。另外也可以选择骑着矮马上山，颠簸在一条条沟壑纵横、尘屑飞扬的黄土路上，也是对肉体与意志的双重考验。从严格意义上说，这根本算不上路，是政府没有修路意识，还是想着反正迟早会被火山灰埋没而不修，不得而知。总之，走的马多了也便成了路，山并不高，登山难在时不时要从马踏出来的沟沟坎坎中寻路而行。

终于见到了那山口的一池碧水，果然如长白山天池，只是颜色稍有不同。眼前的这片水要灵动得多，绿莹莹的，时不时变幻着色彩和形状，像是狡黠调皮的少女。它是活泼好动的，20世纪曾喷发过许多次，1965年、1970年、1976年都曾喷发过。1976年那次喷发，火山灰腾空而起，高达1500米。我在想，为什么火山喷发后水还如此清澈呢？想必火山是"活"的，水亦非一潭死水，只要源头不腐，历经数年的流动，那点灰烬也早被漂洗干净了吧。

墨客人生

读报的好处

不知从何时起,读报的人越来越少了,少到很多年轻人认为,读报纸是退休老人的事情,用一份《晚报》打发一天的时间,而年轻人获取资讯,应该是通过电脑、手机,或者电视,报纸与他们的生活是不相干的东西。

记忆里,报纸曾经很金贵,而且不同层次的人看不同层次的报纸,比如《参考消息》是限制订阅的,只有单位领导才有资格看;《解放军报》也只有部队里的军人可以读到。各地都有当地报纸,读报是大家很自觉的行为。记得父母给我们订阅了《中国青年报》,每天看报纸是一项功课,进而也养成了我后来的习惯。如果说"书中自有黄金屋",那么报纸就是那时的信息海洋了。

进入信息化时代,报纸开始衰落,电脑和手机成为主角,很少在公共场所看到人们捧着报纸一页一页地翻,大多数人是在低着头拨弄手机屏幕,这是当下势不可当的现象。因为手机资讯的确快速,它绕开了烦琐的排版、印刷、发行过程,在后台编辑好,信息瞬间就能植入手机。不过,请别忘记,这只是一条信息而已，要想知道其他方面的内容，还要打开若干个链接。

通常，我每天都会把当天的报纸浏览一遍。我总认为，一份报纸凝聚着许多人的智慧、劳动和心血。从组稿，到编辑，再到总编审核，是一个很严格的过程。版面设计，内容筛选，都要精心酝酿才可出炉，粗制滥造的报纸是没有生存空间的。厚厚一叠报纸，包括了阅读者需要的大部分内容：国内外新闻、热点话题、科技前沿、文学副刊、艺术鉴赏、教育、股票、金融、健康保健、生活常识，还有娱乐明星八卦等，包罗万象。我的经验是，有的粗观，有的细看，有的研究，有的使用，如需收藏便剪下来备用。报纸版面的利用率极高，精细，没有空白，每一处都有其用途。

较之电子设备，报纸作为新闻资讯载体，可在不伤眼睛的情况下静心阅读，知晓天下事。杨昌济先生说："人不可以一日不看报章杂志，报章杂志乃世界之活历史也。"实为真谛。

读杂志的年代

或许是被电子文字代替的缘故,已经很久没有认真读过一本文学杂志了。有记忆的最后一次还是十年前,朋友推荐严歌苓的小说《小姨多鹤》,载于 2008 年《当代》(长篇小说选刊)上。在国外能看到这本一直念着的杂志,激动的心情无以言表。我废寝忘食地一口气把杂志读完了,那是久违的酣畅淋漓的快感。

可以说,我们这一代人的学生时代是伴着杂志度过的,杂志是开启我们文学大门的金钥匙。那时的杂志充满时代的生活气息,催人向上,激人奋进,可以说是精神食粮。那是文学和诗歌的黄金时代,伤痕文学、反思文学、朦胧诗、先锋文学,一波接一波地兴起,《萌芽》《读者》《收获》《当代》《北京文学》《译林》等,还有《大众电影》,都是我们眼中可以寻求艺术熏陶的宠儿。无论学习多紧张,我们都会躲开老师和家长的眼睛,同学之间相互传阅,每期必看,陶醉在万象人生的另一个世界中。

那也是作家辈出的年代,热爱文学的青年,把他们的思想、他们悸动的心和饱含沧桑的故事,投向杂志那片沃土。由于单行本出版量极少，如雨后春笋般的重量级小说便出现在杂志中，印象比较深的有梁晓声的《这是一片神奇的土地》和《今夜有暴风雪》，叶辛的《蹉跎岁月》，张抗抗的《夏》，彭见明的《那山那人那狗》，霍达的《穆斯林的葬礼》，喻杉的《女大学生宿舍》，等等。我们沉浸在故事里，不能自拔。

曾记得我们都有一本私密的诗抄本，记下从杂志里抄来的喜欢的诗句，像北岛的《回答》，舒婷的《致橡树》，还有拜伦的情诗《雅典的少女》，普希金的情诗《致凯恩》以及《假如生活欺骗了你》等。那些美好的诗，在多少个少年的心中涌起过激动的浪潮，他们又带着浪潮走进大学，走向社会。

犹记得一期《中国青年》杂志的卷首语中这样写道："这是一个壮怀激烈的时代，一个创新的时代。我们推崇'自信人生二百年，会当水击三千里'的气概。"这段昂扬的、宣言式的文字，在当时给了我很大激励，我把它工整地抄在了笔记本里。

孤寂与文学创作

今年10月份的"文心社"菲律宾笔会上,在去往苏比克的船上,与美国的王威和施玮两位作家谈起写作时,我感慨地说,自己完全是为了排解在国外陪同先生工作的孤独而重拾旧笔的。记得当时施玮女士淡淡一笑说,在国外生活谁不孤独寂寞呢,没有孤寂的生活怎么能写作呢。我心里猛地一紧,原来写作的人心灵感触都是一样的呀,不论身在世界哪个角落,伏案爬格子时都听着自己的呼吸,与自己相伴。

曾经因为孤独而写作,在南非寂寥单调的生活中,北半球已是寒冬腊月,而南半球却身着短裙,炎热难当,这种落差让我生出了一份浓浓的乡愁,一篇《冰糖葫芦》便展开了无尽的思念,从此也打开了写作的大门。在地中海岛国马耳他当陪读夫人,一成不变的阳光,一成不变的大海,眼前晃动着一成不变的人,日子变得冗长、乏味,变换的只有人与人之间的故事。这些故事表现了不同文化的冲撞,发生在日常的生活里。于是,我把这些故事记录下来,用以打发时间,没想到那些内心的独白,在13年后的2017年11月，成就了我的第一本书。

纽约的生活丰富多彩，可以变着花样去玩，每天二十四小时都能闪烁出七彩的光芒。曼哈顿绝对是一个不会让人感到孤独的地方，有博物馆，有百老汇，有第五大道，还有最热闹的时报广场。大概已经习惯了孤寂的感觉，在喧嚣过后，总有一种负罪感，于是乱中取静，继续守着一份孤独写稿。

似乎与文学打交道都需要孤寂，读书、创作、思考，而在浮躁、物欲横流、诱惑无限的现代社会，孤寂变成了近乎奢侈的事情，也是一种精神考验。来到菲律宾后，在工作之余，开辟写作专栏，写游记，把异域风情的点点滴滴记载下来，为第二本书做准备。

孤寂像一把双刃剑，既可以赐给作家丰硕的成果，又影响着作家与外界接触的机缘，使人少了许多判断的敏感。其实，不光是文学，任何思想上的探索都一样，拿捏动与静的关系，耐得住孤独，才能探幽烛隐，登峰造极。

海子的声音

30年过去了，就算你不知道他，或者不记得他了，但那句诗，还会常常被你引用："面朝大海，春暖花开。"这是他的名句，有人说这句诗被引用最多的，要么是房子，要么是房事，但是诗的作者海子，一生都不曾拥有自己的房子。况且，这首诗，是他得知初恋女友远嫁重洋时，在悲恸绝望中写成的。

海子，是20世纪中国诗歌的重要符号之一。

他在1989年3月26日走了，一个再也不会在春天里复活的海子。

他是一个天才，10岁读中学，15岁上北大，18岁写诗，19岁工作，而他的天才也预示着一种宿命，25岁选择卧轨自杀，结束短暂的一生。当我们这些凡人在这个年龄忙着恋爱、结婚、生子的时候，他已经在6年多的时间里创作了200万字的作品，而临终，只留下9字遗书："我的死与任何人无关。"

他的死，始终是一个谜，有人猜测是因失恋过度悲伤，或练气功精神分裂，总之，一颗诗意的心被世俗击碎，早夭了。除此之外，还有一个因素，那就是诗人的属性——敏感和绝望。写诗跟练气功相同，必须构筑一个孤独的精神宫殿，很容易走火入魔。海子既写诗又练气功，他的死几乎是注定的。

> 这是黑夜的儿子，沉浸于冬天，倾心死亡
> 不能自拔，热爱着空虚而寒冷的村庄
> ——《春天，十个海子》

海子的诗总像是喃喃自语，又像是告诉别人一件事情。他生前落寞潦倒，被边缘化，死后被评论家和文学青年奉为诗坛的标杆性诗人。听过一个关于他的段子——他去饭馆，对老板说："我给大家朗诵我的诗，你们能不能给我酒喝？"老板说："可以给你酒喝，但别在这儿朗诵。"

海子的死，标志着诗歌的神性年代结束，而他自己已然成为神话本身。他只有韶华，似流星闪过，留下诗行。在诗歌娱乐化的时代，他的诗行深镌在我们心里，幻化为永恒的声音。

难做"标题党"

我写文章时,总是纠结于如何选标题,简单地说就是给文章起名字,普通平凡的不好,没有悬念的也不好,总之,文章内容构思再好,选标题却成了拦路虎。

其实,标题的定义很简单,无非是标明文章、作品内容的简短语句,是文章的高度凝练,是文章的主旨。常言道:看书先看皮,看报先看题。从理论上说,标题应该达到准确美、鲜明美、简洁美、形式美、韵律美等。以前写标题,要求工整,文学性强;如今的标题则不尽然,口语化、标新立异的特点愈发突出,越特别,越有吸引力,效果越好,于是就出现了"标题党"。

初时的"标题党",是指在互联网论坛制作标题来吸引网友的注意力。论坛版面只能显示标题,而且密度极大,想要突出、避免秒沉,就只能在标题上下功夫,至于点击进去标题与内容是否大相径庭,网编不是很在意。然而不得不说,现今的一些报纸、杂志也出现了类似的"标题党"现象。

令人难以容忍的是,许多大门户网站也错误地引导网友,以夸张、歪曲为手段，制作耸人听闻的、与实际内容不符的标题，以追求点击量。为了在海量信息中夺人眼球，能把转载内容翻出花来，一时间，"震惊体""脸红体""爱国体"纷纷登场，只要读者点击进来，哪怕吐口唾沫就走，也算目标达成。举例来说，《高潮来临，男女兴奋过度不知所措》，点进去竟是钱塘江大潮的景象，而类似这样的文章居然是正规公众号发出的。

我拟标题，向来喜欢中规中矩，文题相对，语不惊人，毫无悬念，或许这是缺点。在出版自己的首部随笔集时，责编提醒小标题太过平淡，怕读者提不起阅读兴趣，我绞尽脑汁修改多遍，结果基本保持原样，因为实在想不出更超脱的标题来。

我们当然知道，一篇好文章，标题先声夺人，能提升作品水平。然而好标题充满智慧和创意，需要用心琢磨，但绝不是故弄玄虚、哗众取宠，甚至弄虚作假。作为一名真正的文学爱好者，一名文学创作者，要靠实实在在的文字说话，内容有思想性、文学性、现实性，还要有扎实的写作功底，这才是作者的立足之本。网络作者亦是如此。

书气芳香

我应该算是最早一批 kindle（电子阅读器）的使用者，成百上千册书，浓缩在巴掌大的硬壳子里，俨然就是一座小型图书馆，快捷、成本小、容量大，比起纸质书来，好处多多。后来，手机读书软件出现，似乎比 kindle 更方便，无论走到哪里，一部手机全部搞定。可时间一长，就发觉不对劲了，首先是眼睛不舒服，再者总感觉是在看屏幕，而非看书。

读书有两种，一种是专注认真地阅读，另一种是浏览。电子书强调的也许是后者，因为读书与读屏有本质的不同。如果读畅销书，在电子书上翻翻倒也无妨，储存量大，可以随便调阅。读经典书却不一样，需要一字一词去仔细琢磨，读到会心处，还要在书上圈画，甚至用笔写上几句批注，这是阅读纸质书的优势，它能够原汁原味地留住"读"的痕迹。

哲人说，一本书也是有生命的。古人将书拟人化，把书分为书身、书口、书脊、封面、版心、天头、地脚等，现在还出现了书腰。把书作为活生生的人看待，赋予它旺盛的生命力，这是多么形象生动的比喻啊。除此之外，书本身也散发着特有的香气，我们常说的"书香"一词，也有它的根据，过去人们制书非常讲究，用加了香料的墨汁、糯米调制糨糊，书页中夹上香芸草，成书后再配以檀木书匣，这样印制的书翻开自有一股香味溢出。西洋的古书，还含有羊皮纸的古香，据说贝叶经上也含有一种特殊的香味。

古今中外，流传着许多动人的爱书人的故事。多少爱书人爱得如痴如醉，尽心去打扮自己的书，贴一枚藏书票，钤一方藏书印，扉页写上几句箴言。一书在手，如饮佳酿，书和我，物我两忘，浑然一体，这就是纸质书的魅力所在。

现代书没有了香草气，但是印刷精美了，装帧考究了，页面色暖养眼，纸张轻薄便携。我每拿到一本新书，总会先把脸深深埋进里面，去嗅那浓浓的墨香。我看书不喜欢折页，喜欢用漂亮的书签记录阅读进度，不同风格、不同造型的书签成了书的装饰品。

信息化时代，很多人不记得读纸质书的感觉了，而我却不离不弃，一直守着那份珍贵的、散发墨气的芳香。

小议华文书店

终于拿到托朋友带来的书，我如获至宝，身在国外，能读到华文书籍实属不易。菲律宾本地的华文教育和孔子学院开展得如火如荼，却没有像样的华文书店，对于有千万华人居住的国家来说，实在令人感到遗憾。有人说是因为没有市场、没有读者，我并不赞成这一说法。高尔基说"书籍是人类进步的阶梯"，列夫·托尔斯泰说"理想的书籍是智慧的钥匙"。难道在菲律宾的华人不想用书籍打开智慧的大门吗？

20年前，我去南非时，真是一书难求，好在华人街上有家台湾人开的租书坊，可以租文学书看，三毛、琼瑶、白先勇的小说都可以租到。问题是在那之前看繁体字甚少，头一次用繁体字读整本书简直是一种折磨，就像小学生识字，一本书要很久才可以读完。

十几年前刚到纽约时，也曾为买书犯难。记得在曼哈顿有一家"世界书局"，虽是繁体字书居多，但也可以买到少许简体字书；虽数量不多且是旧版，但多少能满足饥不择食的需求。后来，在皇后区法拉盛主街，终于开了一家"新华书店"，各类图书齐全，极大地满足了我这样的华人的渴求。

据我所知，近年来世界许多国家的书店里都开设了"中国书架"，比如泰国曼谷"南美书店"的"中国书架"，销售中国出版集团旗下出版社最新出版的图书，且分主题，对传播中国文化、讲好中国故事有很大的推动作用；山东友谊出版社的尼山书屋，落户于澳大利亚墨尔本新金山中文图书馆，被誉为促交流共发展的进出"一扇门"；浙江出版联合集团与俄罗斯尚斯国际出版公司，也合作开设了俄罗斯首家中文书店；等等。除此之外，有的出版机构还把网络书店开到了国外。

由此可见，图书是中外文化交流的一种重要媒介，更是中华文化在海外传播、发展和传承的重要载体。多么希望"中国书架"早日走入菲律宾，让华文书店为在菲华人开辟一个属于自己的文化阵地。

"娱乐至死"时代

早在十几年前,一个同事曾经说过:"现在电视上的各种选秀节目把孩子们坑了,都不想静下心来好好读书学习,只想着一夜爆红。"我那时并没有多想,只想到草根也有机会登台表演,在多元化领域一展才艺,岂不是社会文明进步的标志?然而,十几年过去了,我发现情况远不是我们期望的那样,所谓大众娱乐已经走向另一个方向。

在物质过剩、信息过剩的时代,好像有一种声音在呼唤你:欢迎来到娱乐至死的时代!电视、旅游、游戏、餐饮、体育等,一切与娱乐相关的活动都极其盛行,互联网更是围绕娱乐服务。不知你在娱乐中,是否真的得到了"娱乐"。越来越多毁三观、无底线的言行,让人感到无奈,甚至令人越来越缺乏信心。

当今游戏产业蓬勃发展,玩家众多,许多人甚至以此为职业。游戏在这个时代,似乎获得了最肥沃的土壤和最充裕的养料,大行其道。有人呐喊:"游戏让我的孩子沉迷其中,丢了学习,也丢了成长,应该抵制游戏。"那成年人呢?已经有很多人在思考一个问题：对比过去，我们所处的时代似乎成了一个肤浅的时代。人们将多余的精力和时间愉悦地消耗掉，用娱乐给剩余的生命力一个寄托。我们需要思考，是否应该用自己的注意力资源，去做一些更有益的事情。当然，每个人理解的"有意义"并不同，人活着，无非为了生存和快乐，熬上一天不下八小时的班，假若剩下的时间还不用来娱乐，那何以慰藉繁忙不曾停歇的自己？然而，娱乐缓解了部分焦虑，却不该剥夺你所有的注意力，你还可以在娱乐之外再发生点什么、做点什么。社会在娱乐之外也需要更多领域的东西，如科学研究、文化探索、技术创新……

"人们真的会'娱乐至死'吗？可谓'得娱乐者得天下'？人类不应反对适度娱乐，但当娱乐日渐成为操控话语的霸权力量时，它的负面作用就必须受到重视。除了欢快之外，人类是否还应该留下些什么？"这是美国媒体文化研究者、批判家尼尔·波兹曼在《娱乐至死》中留给我们的思考。

邓丽君的魅力歌声

一代歌后邓丽君，香消玉殒已经 23 个年头，她的歌声始终在华语歌坛回荡，镌刻在人们的心里，烙印在人们的脑海中。

"有华人的地方，就有邓丽君的歌声。""邓丽君小姐的歌，老少咸宜，从 2 岁的娃娃到 200 岁的老人都爱听。"这是台湾著名主持人田文仲先生对邓丽君的评价。事实确实如此，邓丽君以甜美柔情的声线，唱出了委婉动人的乐曲，以小调式的中国旋律，打动了听者的心灵。从 20 世纪 40 年代出生的人，到"80后"再到"90后"，她的歌像一道道永远吃不腻的菜，耳熟能详，一直传唱，有抒情感人的、如蜜甜心的，有戏剧的、民歌的，有国语歌、粤语歌、闽南语歌和外语歌，堪称一代经典。

曾记得中国内地刚刚敞开改革开放的大门，第一次听到《何日君再来》和《美酒加咖啡》时，那柔缓的颤音曲调，让无数人着迷、倾倒。那个年代的人们，竟不知道歌曲还有这样的唱法。歌曲除了鼓舞人心、提高士气之外，还有这番醉人的、妙不可言的美，让人听了情不自禁地沉湎其中，不能自拔。她的演唱，融合了多民族、中西方表现手段，对中国内地早期的流行音乐起到了不可估量的启蒙作用。许多歌手翻唱过她的歌，模仿过她的声音，可是却很少有人能传递出如她那样婉转的情怀。

她在香港举办了6场以"10亿掌声"为名的演出，场场爆满，唱醉了所有观众的心。也只有邓丽君的歌真正打动了全球亿万听众，除了她，没有第二个华人歌手能用音乐感动如此多的人。

斯人已去，人们久久不愿她谢幕，透过最新影像技术使她"复活"，与她隔空同台演唱，再现她的迷人身影和甜美歌声。至今，她的歌曲仍位居华语歌曲榜首，这不能不说是奇迹，就像断臂的维纳斯，留下了永恒的残缺美。她的歌声承载了无数人的回忆，这个传奇般的女子，用生命唱尽人间的万种风情，一个个诗情画意的音符，清丽婉转而又空灵柔美。她让歌声散发出无穷的魅力，或柔或忧的浅吟低唱，令人如痴如醉。这是她的魅力，也是她的灵魂。

卡西莫多的钟楼还在吗

巴黎圣母院"火了",是真正意义上的"火"。法国时间2019年4月15日下午6点50分左右,就像天降神火似的,巴黎圣母院顶部塔楼燃起了大火,并迅速将塔楼的尖顶吞噬,很快尖顶如被拦腰折断一般倒下,那是令人心碎的一幕。

当我们在东方的早晨,睁开惺忪的睡眼,赫然看到朋友圈被巴黎圣母院大火的视频给刷屏了。火红的烈焰,把教堂塔尖映照得红彤彤的,隔着手机屏幕,仿佛都能感觉到那份令人窒息的灼热。

具有850多年历史、属于全人类艺术瑰宝的巴黎圣母院,约建造于公元1163年到1250年之间,是哥特式天主教堂群中具有代表性的一座教堂。它的名气,来自法国大作家雨果在1831年出版的小说《巴黎圣母院》,而让它在全世界扬名的,是1956年由小说改编拍摄的同名电影。无论是小说还是电影,都似乎为我们演绎了另一个雨果的《悲惨世界》。

小说以对比的手法,揭露了宗教的虚伪,贵族的肮脏,宫廷与教会如何狼狈为奸压迫人民。故事发生在15世纪，巴黎圣母院副主教克罗德道貌岸然，陷害吉卜赛女郎艾斯米拉达。而面目丑陋、真诚善良、忠实勇敢的敲钟人卡西莫多，舍身救下了女郎。他把艾斯米拉达藏到他认为最安全的钟楼里，那是他的圣地。他说："我一高兴就想笑，一笑就更丑了。"而女郎却说："法庭上那些法官的脸才是丑陋的，你的脸是不幸。"我始终认为，虽然是美与丑的对比，但他们的精神都是崇高的，他们更多的是相互感恩和信赖。钟楼是他们最自然地展示人性美的地方，她跳舞，他敲钟，犹如中国的琴瑟和鸣。

我十几年前去参观巴黎圣母院时，环顾整个教堂，听着震耳欲聋的钟声，仿佛置身于小说和电影的场景中。这部以悲剧结尾的小说，留给我们无限的浪漫。

今天，当法兰西失声痛哭，全世界为之揪心，我在想，卡西莫多的钟楼还在吗？

朗诵的乐趣

最近，特别着迷于朗诵，尤其是诗歌类，平仄有韵，利于表现。借他人之诗，表达个人心情，是艺术语言再创造的过程。不管是在旷野里朗诵，还是在密闭的小屋里静静地阅读，我都陶醉于其中。

我也喜欢在软件"配音秀"上朗读，伴着音乐将自己的声音录制合成，然后再慢慢地欣赏，或分享到朋友圈，让"丑媳妇见见公婆"。一朋友留言开玩笑说："有种说法，开始朗诵了，就是变老的标志。"哈哈，这倒是一件好笑的事。

2017年，由央视打造的一档情感类大型综艺节目《朗读者》，请来大批明星名人走到台前，拿起话筒，以个人成长、情感体验、背景故事与传世佳作相结合的方式，用最平实的情感，读出文字背后的价值，实现文化感染人、鼓舞人、教育人的导向作用，展现有血有肉的真实人物情感，并由此在全国掀起了朗读的高潮。董卿说，朗读者，就是朗读的人，可以分为两部分来理解。朗读是传播文字，而人则是展现生命。朗读是将值得尊重的

菲律宾的手工草编制品

生命和值得关注的文字完美结合。确实，在一个文化相对缺失的时代，这样的节目能够重新唤醒人们心中对文学的渴望。

与此同时，央视又推出了《见字如面》《中国诗词大会》这样的综艺节目，让大家不禁有一种久违之感，把我们淡忘了的写信、读诗重拾起来。

朗读是一件极好的事情。也许你在生活中可以滔滔不绝、口若悬河地讲话，然而当你拿起稿子时，未必能连贯成句，更何况还要根据文章内容，加进情绪，这就要求你在朗读前，把文章理解透，比如作者是在什么样的背景下，以什么样的心情写出的作品，抒发的是怎样的情绪。这就要求朗读者，不做播音机器，而是用你的文学造诣，诠释出作者的思想感情。这样一想，有些生活阅历和积累的人，才能领悟真谛，也是不无道理的。

旅游的真谛

周围的同事和朋友，几乎每天都在讨论关于旅游的话题，分享旅游照片、旅游心得、旅游攻略等，他们晒出国内外各种诱惑力超强的美图，让人心驰神往。

近些年，旅游成了中国人最为时尚的活动内容，他们变着法地想着出去玩。除了耳熟能详的著名景点，全世界各个犄角旮旯的地方，他们也都能搜寻得到，并走上一遭。这让我深深佩服，自己却又做不到。

每个人的旅游目的都不同，有人为了逃避工作压力，找一个地方发呆，放空自己；有人为了追求刺激，挑战冰峰、极地探险；也有人把旅游作为每年的常规计划，准时出发；还有人为了旅行而旅行，原因很简单，因为身边的人都在旅行……

我总喜欢为了一个故事而旅行，如为了一部电影、一本书里发生的故事，或为了一个特别喜欢的作者。比如，我一直喜欢作家三毛，西撒哈拉的阿雍小镇便成了我向往的地方，却总因为各种羁绊，未能成行。

有人说,"人生其实就是一场旅行,旅行就是体味不同的人生"。生命是一场盛大的旅行,而日子就是路途中你经过的每一个驿站。旅游是一次综合体验,带上收集的各类信息上路,在途中开阔视野。

穿越到古代,要享受一场"千树万树梨花开"的视觉盛宴,不知要走多久,或许到达时已"落花流水春去也"。多少文人骚客在"卧游"中欣赏山水画作来代替游玩,感受仿佛身临其境的意趣。

我们庆幸自己生在今朝,活在当下,既不用"卧游",也不必像徐霞客那样"专走别人未曾走过的路",我们可以轻松自如地体验不同的地理、民俗,欣赏宏大的人文与自然景观。

旅游是一种生活态度,目的地不完全重要,沿途丰饶的景致最值得品味,曾经发生在那片土地上的点点滴滴,更值得探寻。

做好功课,去享受美景,享受美食。趁着好时节,面朝大海,让内心春暖花开。

品茗识趣

前些时间回国休假,绕了小半个中国,走亲访友,一路受到热情款待,土特产吃不完兜着走。其中带得最多的是茶叶,不论走到哪里,都会带上一盒或一桶本地茶叶,最后旅行箱被装得满满当当。

中国人送礼爱送两样:酒和茶。白酒并非人人都喜欢,茶叶却人人都爱。想起作家六六在一篇文章中说,学中医后,行医半年有余,病人送礼答谢,她跟男友开玩笑说可以开个茶叶铺子,全国各地的优质茶叶都到她家开会了。原来送茶叶是以不变应万变的绝佳选择。

千百年来,茶文化显示了一种永恒的生命力,无论中国茶艺,还是日本茶道、韩国茶礼,无不彰显了东方魅力。老话说得好:"开门七件事,柴米油盐酱醋茶。"可见,茶在寻常百姓家里也是不可或缺的。

北方人喝茶简单,记得在东北时,身边人最爱喝的是茉莉花茶,有人说是因为日本人留下的习惯,也有人说是因为东北冷,花茶暖胃。到底缘由如何，我这不懂茶的人也不太在意。父亲是重庆人，喜欢喝红茶，我便跟着喝，茶味浓淡适宜，柔和爽口，味道醇甜，杯杯上口。后来出国，结识闽南人，开口闭口一句话："有空到家里来喝茶。"乍听起来感觉很奇怪，为什么不请我吃饭呢？后来才知道闽南的功夫茶比吃饭还烦琐。这次休假有机会去泉州，真正体会到了闽南的茶艺功夫。一只茶壶，一个盖碗，一个茶海，颠来倒去，弄出淡淡香香的几小盅茶，那味道果然不同凡响。难怪闽南有"以茶水待客之道"，品茶堪比饮酒的分量。

几年前，一友人引导我喝普洱茶，她曾在普洱工作，分享加赠送，我由此与普洱茶结缘。雾锁千树茶，云开万壑葱，香飘十里外，味酽一杯中。杯中的自然灵物，道出了古老、神奇、美丽的茶乡文化风情。

谁知来菲律宾后，味觉大变，一个偶然的契机，爱上了龙井茶。龙井茶扁平光滑挺直，色泽嫩绿光润。香气鲜嫩清高，滋味鲜爽甘醇，叶底细嫩呈朵。喝着味香，看着养眼，似那句"一杯入口宿醒解，耳畔飒飒来松风"。同事好生佩服我的胃，这性寒的"绿茶皇后"，居然也能享受得起，我却喜在其中。

清宫剧不是清史

微博中有一条特火的博文:"《延禧攻略》女主角魏璎珞就是令妃,在《还珠格格》里,她年轻时当了贵妃;《如懿传》女主角如懿是剪发的继皇后,也是《甄嬛传》里皇后宜修的侄女青樱,弘历的娴妃,也就是跟小燕子作对的皇后;甄嬛就是《还珠格格》里的太后了。我这知识啊,都学杂了。"其实,何止这位博主看晕了,很多追清宫剧的人都爱把每部剧的嫔妃们拎出来与清史做比照,却发现越比照越糊涂。

还有清宫戏里最忙的康、雍、乾三代皇帝。雍正的王位继承一直饱受议论,用他做背景很有故事。以前只知道他是勤于朝政、疑心颇重的皇帝,是被活活累死的,不承想在《甄嬛传》里,他却很闲,游走在各嫔妃宫里,有处理不完的后宫家事。乾隆更是被追捧的皇帝,他享位既久,传闻亦多,出身问题、皇后之死、六下江南的风流韵事等都是百姓街谈巷议的话题,成为小说和影视戏剧的绝佳素材。

而事实是怎样的呢?流潋紫把《甄嬛传》小说改为电视剧时

说：改动最大的是将原本架空历史的时代背景，改编为清朝雍正年间，并考虑到人物关系和历史记载的契合。这说明小说原与清朝无关，只是后来被嫁接而已。

算起来清宫剧拍摄近30年，《戏说乾隆》开启了国产剧的清宫时代，也开启了清宫戏的"戏说"之风。这种"戏说"不必当真，包括《康熙微服私访》《铁齿铜牙纪晓岚》等，主角虽都是真实的历史人物，但剧情大部分是虚构的，并不以史书上记载的重大历史事件为主线。

像《雍正王朝》的正剧系列，以及"秘史系列""偶像系列""宫斗系列"等，都是真实历史与虚构主人公交错，剧情有野史和杜撰成分，不等同于真正的历史，编剧都进行了艺术的再创造，如时间上的跨越、人物年龄的错乱、人物关系的混乱等在清宫戏里也是有的。

需要看清楚的是，清宫剧落点是"剧"，这就决定了它要遵循戏剧的规律，积蓄大量的矛盾才能让故事充满张力。我想，如果能在剧尾加上"本故事纯属虚构，如有雷同，纯属巧合"，便是对观众和历史负责的态度，岂不妙哉？

永恒经典《狮子王》

早在纽约工作时,我就一直想看百老汇经典音乐剧《狮子王》,但总觉得时间很多不用着急,结果一等就错过了将近十年,没想到,竟在菲律宾补上了这一课。

《狮子王》讲的是发生在南非的故事,而我也曾在那里生活过。美国和南非,这两个国家都与我有过亲密的联系。在第三国观看《狮子王》,意义格外不同。而且,把非洲大草原上众多的动物集合在舞台上,演绎一个复仇的故事,更是让人期待。朋友提醒,不可迟到,开场很震撼。于是,我提前走进剧场,静静等待那一刻。非常准时,随着非洲女子高亢豪放的喊声,舞台的大幕拉开了,这喊声太熟悉了,是科萨语(Xosa),在南非时常萦绕在耳边。随着这一声喊,非洲鼓和主题歌《生生不息》响起,各种动物跳着欢快的舞蹈,竞相跑上舞台。出人意料的是,观众席的两条通道上,分别走出两头大象,后面跟着犀牛和穿着白裙的非洲女孩,他们也载歌载舞地奔向舞台。剧场内顿时一片通明,布景和道具使观众能身临其境地感受草原的磅礴气势,这种感受绝非银幕所能媲美。

全剧分上下两幕，太精彩了！每个角色都栩栩如生，勇敢的小狮子辛巴、慈祥的老狮子王木法沙、搞怪的沙祖、猫鼬丁满和野猪彭彭，尤其是正义、善良、慈爱的萨满拉飞奇，她诙谐有趣，表面憨傻，其实睿智，像一个讲故事的人……

最值得一提的是，人物通过动物面具进入动物的角色，而面具位于人物头顶，并不直接覆盖在人物的面部，人物本身和动物角色之间是充满张力的并列与对峙，木法沙和刀疤各戴了两个面具，一个是固定的，一个是可移动的，活灵活现。全剧的木偶道具，包括提线木偶、皮影木偶和全身木偶，以及鸟、鱼和昆虫等动物，都展现出了无与伦比的精致、逼真。

作为百老汇舞台上的"王者之作"，音乐剧《狮子王》绝对是无数人心中永恒的经典。这是非洲动物界的《哈姆雷特》，我们记住了辛巴最后登顶的荣耀石，记住了那首唱不尽的《今夜感觉我的爱》，也记住了全世界观众都会说的那句 Hakuna Matata（"无忧无虑"的意思）。

诗的意境

有人说,写作属于技术工种,这话我赞成。爱读书的人不一定会写作,能说会道的人也不一定能写出一手好文章。写作者的脑子里有建筑师,他知道如何搭框架、垒墙体、造房子,把奇思妙语化作一篇精彩的文章呈现出来。

不过我认为,写诗是另类写作,与写文章彻底不同。诗歌写作不用常理的语言,尤其是诗的意境最难写。这意境首先在诗人,其次在诗中,最后在读者。自觉不具备诗人的创作意境,所以我至今没敢触及诗歌。

要说从未触及也有些不实,一开始写作其实就是写诗,写关于冬天的雪,以少年纯净的眼神看从天而降的雪花,诗情画意如此浪漫。长大后,受诗人贺敬之的影响,又写了许多与大时代相关的叙事抒情诗。再后来,又喜欢泰戈尔、雪莱、拜伦、裴多菲,斗胆创作了不少自鸣得意之作。然而,世事变迁,如今居然在写诗上语不成句,且无动笔的冲动,甚至对现代诗也如隔墙观戏,完全看不懂,更进入不了诗的意境。

古语说："作诗之妙，全在意境融彻，初音声之外，乃得真味。"一首好诗必须形象鲜明，寓情于景，情景交融，使读者如闻其声，如嗅气味，如观其状，如临其境，具有较强的表现效果和艺术感染力。古人更是谈到"炼句不如炼字，炼字不如炼意"，足见意境在诗词创作中的重要地位。诗家认为意境就是诗的生命。意，就是诗人所表达的思想，也就是人们所说的"情"；境，就是诗人所描写的事物，即通常所说的"景"。意境是情与景的统一。

前些天，听北美文心社作家枫雨的公益讲座"现代诗歌的三把钥匙——角度、节奏、意境"，受益匪浅。这第三把钥匙还是落到我所欠缺的意境，没有形神俱备，境随心转，意到笔随，就写不出好诗来。

诗的语言高度凝练，即便你能把其他体裁的文章写得再好，也未必能把寥寥几行小诗写得精当。这一点我深有体会！

时间，是挤出来的

开专栏整一个月，共写八篇稿子，尽管每篇只有七百多字，可写这些文字并不容易。有道是：浓缩的才是精华。一篇短文出炉，要组织精练的语言，要查阅相关资料，所用心思不亚于长篇大论。由于篇幅所限，文章不能拖沓，对字句要求严格，很是考验人。

多年前，曾有朋友建议我开专栏，那时完全不敢想，怎么可能呢，哪来那么多时间，一旦被专栏套住，就像小学生要交作业，必须按时完成，偷一点懒，栏目便会开天窗，这是行业大忌。不承想，在做业余作者十几年后，有了点胆识，居然在一个月前开通了个人专栏，一路写下来，收获了文字，锻炼了写作，也有效地利用好了时间。

说起时间，想起三个比喻：一个比喻说，时间就像海绵里的水，只要挤总是会有的；另一个比喻说，时间如挤牛奶，只要挤总会有几滴的；最后一个比喻说，时间如钉子，只要有挤和压的精神，总会挤出来的。不同类型的比喻，重点都在一个"挤"

字。当今社会人人都说很忙，忙着拼职场、拼赚钱，与朋友聚会也算忙，看股票大盘也算忙，泡温泉养生也算忙，总之是各种忙。我也一样，时间永远不够分配，常常在午夜梦回时，又发现一天中很多时间是无效的，被白白浪费掉了。现在有一种说法，"警惕时间小偷"，比如追剧、逛淘宝、刷朋友圈、刷微博等，这些看似无害的小动作，如不节制，就会偷走你的时间。

时间和生命是紧密相连的，时间管理其实就是生命管理。我的体会有三：一是做时间表，可以防止"时间小偷"，管理好业余时间；二是做事专心，有固定的时间段看书、写作，休息间隙再网购、娱乐等，但一定要有时间节点；三是做事不拖沓，此时的事情此时做，今天的事情今天做，像强迫症病人一样严格要求自己，不能随性。

其实，时间像是手里的沙子，一不留神就从指缝溜走，反之，把碎片时间整合好，有挤和压的钉子精神，必然会达到事半功倍的效果。

读书笔记一则

近日读了台湾学者许倬云的《中国人的精神生活》一书。作者精通中国历史，又在美国游学多年，注重走进民间，体察民俗，是个"接地气"的文化人。初读觉得浅显、朴实，阅毕却回味无穷，不愧是深入浅出的大家风范。

作者是带着对现代社会的深刻反省与忧虑展开写作的，西方文明自工业革命以来，携科技与资本的力量，使包括中华文明在内的其他文明处于边缘或从属的地位。然而西方文明固有的"排他"性，个人主义的膨胀和资本主义的逐利性，已经超出了宗教和道德的约束，不仅导致社会秩序失衡，也有将人类文明引向自我毁灭的危险。在这样的背景下，作者试图通过挖掘和再现中国人的文化根源、中国人的精神特质，找到用中华文明来弥补、匡正西方文明的途径。

全书分十章，内容包括中国人的美学思想、时空观、神鬼故事、人际关系、宗教信仰、宇宙观、生命观等，全方位展现了中国人的精神世界。中国人认为，万事万物都互相联系、互相作用，有"五行"的相生相克，也有阴和阳的相背、对偶。在时间观念上，中国人不像西方人那样聚焦于当下此时，而是注重过去、现在和未来的联系；生与死也是不可割裂的，而是一种转换与延续。中国人心目中的宇宙秩序是变化与发展的，是永远寻求均衡的过程。中国人亲近自然，强调天人之际、互相感应，认为自然时空不是外在的，而是与人融合的一个整体。

中国人敬畏自然，又视自身为自然万物的主体，人与自然之间的交错与融合，其实是人的理念、心智在自然界的投射。中国人讲究修身，然后是推己及人、由近及远，最终的境界是安民、安天下。中国人对理想世界的向往，是通过不断的自我提升，来实现人人幸福安康的大同。中国人注重人的自身修养，看重忠义的品格，也追求平衡、和谐的秩序。中国人的精神生活是"内发"的，是通过观察到感觉，以至酝酿、吸收，最后达到内心的悟觉，这种精神生活，最终才能够达到圆融的境界。

开卷有益，谨以小文致敬作者，并飨读者。

她是"曼哈顿的中国女人"

我还清楚地记得二十几年前,当第一次拿到《曼哈顿的中国女人》这本书时是怎样激动的心情。那是从好朋友手中借来的,一本好书在小伙伴手中传看,是我们那时看书的习惯。

虽然有思想准备,但还是一下子就被书里跌宕起伏的故事情节牢牢吸引住了。作者细致而又富于张力地描述了女主人公的生活经历,以及她百折不挠的精神,我完全被拉进女主人公的生活中,渴望像她一样充满活力,乐观、振奋地生活。在刚刚改革开放的时代,人们迫切想了解外面的精彩世界:最早的那批留学生,他们走出国门后的生活怎么样?外国真如天堂吗?

这是一部纪实性的小说,女主人公就是作者本人,她的生活与中国大时代紧密相连,所不同的是,她始终掌握着自己的命运,无论是在北大荒,还是调回上海,她内心永远有一个个梦想,并为之不屈不挠地努力。正如她在书里所说:"只要是我们梦想得到的,我们就能实现。"她自己争取来自费留学,她在商场上,靠永不言败的精神,获得了巨大成功。

这不仅是一本励志的好书，同时也是一部旅游宝典。女主人公在商场获得成功后，又去圆童年的最大梦想：环游世界。她用精湛的文笔为我们讲述去过的每一个国家，结合自己看过的有关书籍和电影，把曾经在那里发生的故事讲给我们，让我们看到了贝多芬、雪莱、茜茜公主，看到了柏林墙……90年代初，有多少中国人有这样的旅游经历呢？读完方知，世界之大，竟是如此美妙和精致。

人生如戏，多幕上演。想不到多年后，在文心社举办的菲律宾文学笔会上，我与女主人公相遇。她依然如书中描绘的那样，活力四射，激情澎湃，美丽大方，初次相见，没有一点陌生感。她告诉我，她已经游历过100多个国家，两次去往南极，2006年又推出《曼哈顿情商》，也是一部励志大作。她不停地追逐梦想，她是一本书，一本读不完、写不完的书，她是从书里走进现实的周励，她曾影响了一代人。我们还将跟随她的梦想，继续读她更加精彩的人生故事。

为什么要读原著、读经典

我发现现在有很多年轻人，喜欢看经典名著的缩写改编版，甚至直接看梗概，好像只要了解了故事大意，书就算看完了，就可以跟别人大谈看过多少本名著了。

当下快餐文化盛行，打开APP（应用程序）可看节选篇，可听电子读物，也可以听或看名家的解读，但是在我看来，这些都不能给予足够的精神营养。节选，不够完整，可能断章取义，人云亦云；听书，耳不是眼，两者是不同的思维方式，而且朗读者也有自己的情感和好恶，势必会影响听众对原著的判断；解读，是他人把自己对原著的理解灌输给你。其实，只有自己细读，才能品出作品的味道和作者执笔的用心。

关键是，经典之所以是经典，故事倒在其次，语言文字上的魅力最为重要。缩写改编的版本较之原著，仅仅保留了一点精华的香味，这样的书早已丧失名著本身的美感，读得再多，也不足以对人的心灵产生震撼，更无法激发读者进一步读经典名著的兴趣。人们不愿意读原著，也在于畏惧原著的篇幅，或者其内容的深奥难懂，这与人们读书的惰性不无关系。

　　读书是修身养性，不必急于一时，不要太有功利心。更何况，有些名著，就是需要细读慢品。比如《红楼梦》，每一小段，都有深刻的内涵，慢慢读着，回味着，才能发现其中的奥妙。这让我想起曹雪芹对王熙凤外貌的描写："一双丹凤三角眼，两弯柳叶吊梢眉。身量苗条，体格风骚，粉面含春威不露，丹唇未启笑先闻。"寥寥几笔，把一个"凤辣子"的形象生动地呈现出来，这形象一直印刻在我们的脑海里。

　　读名著，是从小到大漫长的阅读和熏陶过程，潜移默化地影响人的一生。日积月累，随着阅历增长，所读过的书，会从心底熠熠生辉。

　　其实，不只是经典著作，凡是读书，都应以读原著为最佳方法，可以获得自己对作品的第一感受，而不受旁人影响。在读原著的过程中，找到文章的重点内容、唯美句子以及经典人物内心描写等，在书上做重点标注，备下次阅读，这是其他阅读方式无法代替的。

文心人相聚马尼拉

作为加入文心社九年的会员，能在自己的地盘迎接素未谋面、相识多年的文友，对我来说无疑是一件激动的事情。每年一次的创作笔会，因各种原因总不能参加，这次却是天赐良机，我既是东道主，也是文学探讨的参与者。

文心社成立于 2000 年 11 月，是一个以海外华人为主的非营利性中国文学社团。会员大部分是中国的或旅居北美、欧洲等地的文学爱好者。一年一度的文心作家笔会是海内外作家、评论家、期刊杂志和出版社编辑以及影视导演和制片人交流互动的平台，也是文心社的一大亮点。

此次菲律宾华文文学国际研讨会有来自世界各地的华语作家、菲华文学研究学者四十余位，开展了为期四天的考察和华文文学研讨。他们准备充分，对菲律宾华文文学的发展、华文作家的优秀作品，以及菲华华文文化未来的发展，进行了深入细致的探究。

菲律宾是一个美丽的国度，自然风光秀美，人民热情淳朴，华人社会成熟活跃。作家和学者们如我一样，很快就被这个国家的自

与"文心社"总社长施雨合影

然风光、风土人情和文化特色吸引,尤其是华语作家们,一直守护着中华文化这块阵地,他们勤于笔耕,让学者们赞叹不已。

菲律宾华文文学于20世纪初形成,至今已有百余年历史。菲华作协汇聚了教育界、文学界和商界人士,有力地推动了华文在菲华社会中的影响力,对加强与中国文学界的交流合作,推动菲华文坛的繁荣与发展,促进中菲友好往来,做出了很大贡献。

在这次研讨会上,我是一个幸运的学习者,能有机会在现场聆听学者们的研究成果和作家们分享的写作经验。比如,中南财经政法大学胡德才院长在《论菲华作家施柳莺的文学创作》中,对施柳莺的作品给予了高度精确的评价:世界有真情,人间好温馨。他还对小说《天凉好个秋》进行了剖析:感情真挚,语言丰满,充满抒情意味,让小说变成了"诗化小说"。这些都让我大开眼界,受益匪浅。

我也着迷于这样的老师

朋友圈最近被一位美女老师霸屏,她讲课有时右手夹着粉笔,左手插进裤兜,有时双手插兜,侃侃而谈。她的观点攻陷学生的大脑,她的情商课让人豁然开朗。这位高智商女神不同寻常的言论,值得深刻思考。

她就是陈果,复旦大学的哲学博士、副教授,现任复旦大学思想道德修养与法律基础课教师。她之所以火,是因为她把古板的哲学课讲得有声有色,妙趣横生。在课堂上,她神采飞扬,妙语连珠,那些或自出机杼,或启人深思的观点,令人如沐春风。她讲孤独和寂寞,学生们直呼"一语惊醒梦中人"。

有人爱上她的口才,有人爱上她的思想。据说很多学生连续两年都没有选到陈果的课,竟比双十一购物还难抢。学生们还整理了"陈果语录",比如:所谓优雅,就是你遵从内心活成你自己的幸福快乐的样子;说到孤独,狂欢是一群人的寂寞,孤独是一个人的狂欢;谈及朋友观,朋友不是实用之物,而是奢侈品。曾有读者问她:"读书何用?"她答:"以我观书,以书观我。"

我最喜欢她那段话："我自风情万种，与世无争！做真实的你，活出真实的你，率性一点，自然一点，从容一点，真实一点，你会更快乐。别人喜欢你和你喜欢你自己都很重要，但当两者不能兼顾的时候，你喜欢你自己更重要。"她精辟独到的妙论，如金樽清酒，醇香甘洌，令人沉醉其中。

在《开讲啦》节目中，有学生问："什么样的老师算称职的老师？"她回答："第一类叫教学工作者，即教学从业者；第二类叫作真正的教师；第三类是最高级的，叫作教学艺术家。"我想她该算第三类，而我们上学时碰到最多的老师应该属于前两类。

陈果在"喜马拉雅"也开通了讲课栏目，试听几课，觉得不过瘾，因为那声音里缺少灵动的光彩，音频里的她像第二类教师。我还是更喜欢看视频课堂中，那个作为教学艺术家的陈果。

仪式感很重要

上周六，在马尼拉大教堂参加了朋友的一场隆重而华丽的婚礼大典，这是我人生第二次亲历教堂婚礼的全过程。说实话，不谈宗教，只谈婚礼仪式，浪漫唯美。新娘身披长长的拖地婚纱，仪态万方，面带娇羞，又洋溢幸福地伴着婚礼进行曲缓缓走进教堂，走向神殿，走向那个伸出双手迎接她的新郎。那一刻，时间似乎凝固了，被管风琴天籁般的旋律和眼前的幸福美景给凝固了。那一刻，我能感到心脏的跳动，那是激动！

当全场落座，我看到前排和身旁的妙龄少女们，也如我一样，沉浸在别人的幸福中。我想，每一个少女都渴望人生中有这样一场盛大的婚礼，因为这种仪式，是里程碑，标志着人生翻开了新的篇章。

除了一对新人，我还发现凡是来参加婚礼的人，无论男女老少，都盛装出席，不亚于电影节走红毯的明星。年迈的老奶奶穿着金丝金鳞的晚礼服，珠光宝气地站在教堂里。她们不在乎脸上和脖子上堆积的皱纹，不在乎裸露的手臂有多粗，她们在意的是，

周末是马尼拉大教堂繁忙的婚礼日

这样的场合必须盛装出席。

早有耳闻，菲律宾人由于受西班牙殖民统治时间较长，所有文化、礼仪、习俗都沿袭西班牙的做派，今天算是见识了。我庆幸为了参加这场婚礼，自己也专程去菲式传统礼品店买了一件菲律宾国服"特尔诺"，上衣，白色手工制作的菠萝丝，加上手绘图案，搭上深蓝红花连衣裙，相得益彰，恰到好处。

仪式感，是人们表达内心情感的最直接方式，无处不在。也就是你的某一天与其他日子不同，某一时刻与其他时刻不同。有人说，仪式感是生活中的兴奋剂。我赞成这种说法，没有仪式感的生活，会变得索然无味。我更赞成另一种说法，仪式感是对他人的珍视和尊重，因为你的仪态和举止是最好的昭示。

游记的写法

  常接到一些游记类的约稿,都被我在不知所措中拒绝了,理由是自己不擅长写游记。

  其实我是很喜欢写游记的,早在上中学时,学校每组织一次活动,例如春游、秋游,回来都要写一篇作文,老师会认真讲解游记的写作方法,还要求参考类似《雨中登泰山》等经典课文来写。记得老师强调的是,不仅要写景,更要写人,大自然无论多么美,没有人作衬托,不以人的思想感情去参与和体现,文章就不会有灵动感。旅游和游记是两码事。这个烙印一直刻在我的心里。

  这些年,我游历过许多名山大川,所到之处习惯性做做笔记,甚至写上一大篇文章。比如马耳他著名的蓝窗,这个大自然鬼斧神工打造的美景,在2017年3月8日一夜坍塌,永远消失,成为绝景,令人好不遗憾。幸运的是,2005年在当地朋友的引领下,我进行了一次深度游,把旅游的经历详细记录下来,与照片一同收录在我的第一本书里。其中有人与自然的故事,有实地的观察，也有一些自己的思考，无比珍贵。

　　之所以说自己不擅长写游记，是因为掌握不好当下游记的写法。看过一些自媒体作者在微信公众号上推送的游记，文字无可挑剔，图片拍摄精美，堪比专业水准，可是读起来总觉得缺少点什么。缺什么呢？没有人气儿，无血无肉，像是机器打印出来的，也可以说像是旅游网站里的景点介绍。不过，据说这样的游记在豆瓣平台上得分高，受众面广，深受打卡旅游者的喜爱。

　　游记是指记述游览经历的文章，有议论、科普、抒情等类型，但具体到文学，就不那么简单了。在当代文学中，游记被赋予了历史与人文内涵，正如鲁迅所说："用自己的眼睛去读世间这一部活书。"我喜欢余秋雨的游记，如《宁古塔》，"语言在抒情中融着历史理性，在历史叙述中也透露着生命哲理"。还有杨朔的《泰山极顶》，借景抒情，物我交融。

　　比较起来，为游而游，为写而游，这游记不写也罢。

远去的"伤痕文学"

现在的年轻读者,已经很少有人知道"伤痕文学",甚至极少有人读过小说《伤痕》了。这也难怪,改革开放四十年,中国发生了翻天覆地的变化,不仅是在经济上,更体现在思想上,那个噩梦般的时代,已经被渐渐淡忘。

所谓"伤痕文学",是20世纪70年代末出现的,在中国内地文坛占据主导地位的一种文学现象,它得名于卢新华以"文革"中知青生活为题材的短篇小说《伤痕》。小说刊登于1978年8月11日的《文汇报》,大体内容是,在"文革"时期,一个叫王晓华的女生,母亲被诬为女叛徒后,认为母亲是可耻的,于是与母亲毅然决裂。为了改造自己,也为了能够脱离"叛徒"母亲,她选择上山下乡。但由于母亲的问题,无论她怎样努力,始终不能进入"上进"的行列。朝气蓬勃、面颊红润的女生,渐渐成为"沉默寡言,表情近乎麻木"的知青。"四人帮"垮台,母亲来信讲述自己如何被迫害,现已病入膏肓,希望有生之年能够再见女儿一面。当王晓华接到母亲单位的公函,踏上回家探亲之路时,一切都晚了,母亲

与美籍华人著名作家卢新华先生、周励女士合影

已经走了，至死也没有看到深爱着的女儿。

虽然《伤痕》仅是一篇短篇小说，但它所展开的文学叙事波澜壮阔，凄美绝伦，具有"反映人们思想内伤的严重性"和"呼吁疗治创伤"的意义，因此引起社会共鸣，好评如潮。一时间，对"文革"苦难的揭露成为一种潮流，反映"文革"历史创伤的小说纷纷涌现，它们以悲剧的艺术力量，对人性、人道主义进行描写。可以说，小说《伤痕》成为文学界在思想上反思"文革"的先声。

当我有幸见到卢新华老师，问及他的创作经历时，他说："是流着泪写完的，并感到作品一定是成功的。我深信罗曼·罗兰的话：'只有出自内心的才能进入内心。'"是的，这篇小说让当时无数读者一起与他流泪。他是成功的文学创作者，是那个时代的文学代言人。

历史已经翻开了新的篇章，"伤痕文学"也随着岁月远去，正如卢新华老师所说："《伤痕》是特定历史时期的产物，'伤痕文学'必然是短命的。"

越来越淡的方言

一位同事结束任期回国工作,她是闽南人,在厦门工作。闲聊时,她说,回去要好好教她女儿讲闽南话,出国工作才发现,会讲闽南话是一门技能。我不解地问:"难道你们在厦门不讲闽南话吗?"她答:"很少,基本讲普通话。"厦门也算是一个新移民城市,普通话是最方便的交流方式。我说,孩子是土生土长的,应该会讲当地方言的。她解释道,孩子在学校一律讲普通话,同学间交流讲普通话,回到家与父母交流也习惯性地讲普通话了。

其实这种现象在很多省、市,甚至少数民族地区都存在。许多年轻人去大城市学习或工作,普通话说得越来越纯正,而乡音却越来越淡。古诗说:"少小离家老大回,乡音无改鬓毛衰。"而今,把诗中的"无"改为"已"更为恰当了。

我先生的老家在湖北,他侄女还在上小学的时候,我发现她跟全家人交流都是用一口标准的普通话,老人讲方言,她回应却是用普通话,这场面也够戏剧性了。我问她为什么不讲当地话呢，她堂而皇之地回答："谁要讲方言？多土！现在都在普及普通话，难道你不知道吗？"我登时哑然。

中国是一个方言众多的国家，按照现代通俗的分法，现代汉语方言可分为七大方言区。在复杂的方言地区，还有若干个方言片，叫地方方言。

随着城市化进程的加快，全国性的人口流动渐趋频繁，越来越多的人丢弃伴随自己成长的特有的语言和文化方式，融入城市。反之，生活在国外的人始终坚守祖籍国的习俗，比如菲律宾的华侨华人们，始终使用闽南话交流。

方言是地域文化的重要载体，若载体不在，各种文化、艺术、技艺也将随之消失。方言也是维系乡情、亲情的纽带，它本身就是我们的"亲人"。方言生存的空间正在日益缩小，文化传承日益危急，亟待我们去维护。

再见，李敖先生

台湾《联合报》3月18日报道：作家李敖，当天上午10点59分离世，享年83岁。消息一出，掀起巨大波澜，关于李敖先生的各种新闻、旧闻、传闻、绯闻、黑料统统被公布出来，铺天盖地。其中有骂他的文章，有怀念他的文章，更多的是为文坛失去一位大师而惋惜。

我们这代人，大多是通过《李敖有话说》这档节目认识他的，他那种不拘一格的骂人方式，让人大开"眼界"，不得不佩服他的学识和敏感性。之后关注他的书，发现他果然是一个奇人，是我们这些中规中矩地长大的人不可想象的。

对于他的评价始终褒贬不一，"狂妄自大""风流成性"都是他的招牌，他自己并不避讳，常以此调侃自己。而我还是愿意尊重这样的评价和介绍：思想家，国学大师，中国近代史学者，时事批评家，台湾作家，历史学家，诗人；其文笔犀利、批判色彩浓厚，嬉笑怒骂皆成文章，自诩为"中国白话文第一人"。我觉得这样的评价更加客观准确。

他身上至少有三点令人钦佩：一是坚持做两岸关系的"统派"，二是始终保持一个读书人的本色，三是学以致用的本事。

李敖骂人也有"文采"，他称自己为"战士"，"语不惊人死不休"！当他提起笔来，眼前就是一片硝烟弥漫的战场。他每天浏览大量信息，看厚厚的书，做笔记，时刻为骂人和讲真话做好充足的准备。

李敖总是"以玩世来醒世，用骂世而救世"，他著有一百多部著作，被西方传媒追捧为"中国近代最杰出的批评家"。但他曾说，仅仅能骂不是本事，还要能证明自己的观点。由此看来，他其实是相当谨慎的。

李敖精彩的语录意味深长："我觉得人最重要的一种能力，就是可以训练自己的大脑，在大脑里面装东西，使大脑有思考的能力，使谈吐有高度、有水平，这才是高明的人，否则的话，只是漂亮的动物。""读书的目的是懂得人情道理，读书多而不化，不如不读。"

李敖在诗中说："当百花凋谢的日子，我将归来开放。"

战士走好！

"春晚"让你看什么

中央电视台2019年春节联欢晚会终于落下帷幕,虽然又是褒贬不一,但始终是亿万观众除夕之夜必不可少的一道荟萃艺术精华的文化大餐。

三十多年过去了,"春晚"已经成为当下中国人的新年俗,有中国人的地方,就有"春晚"的观众。

自1983年首次举办"春晚",央视就像背上了沉重而又光荣的任务,每年提前半年开始备战,尽力满足全球华人的欣赏口味,绝不能掉以轻心。这就好比一群厨师,想要满足大食堂里所有就餐人的口味,不能太辣、太甜、太酸、太咸。厨师们认真把每道菜都做成精品,可食客们偏偏不买账,一定要挑出每道菜的不足之处。结果是,厨师不高兴,食客们不满意。每年的"春晚"大幕拉开后,观众们在电视机前边吃年夜饭,边喋喋不休地评头论足,问题的症结在哪儿呢?

我也算是"春晚"的超级粉丝,自1979年"春晚"雏形联欢会开始,一年不落地看。晚会从稚嫩到成熟,导演和演员不断总结经验，提升节目质量和品位，每年推出独具匠心的新节目，一直发展到现在，可以说是成绩喜人。不过，随着观众欣赏水平的迅猛提高，"春晚"已经无法满足一些观众的欣赏要求，出现了有些观众"年年看春晚，年年骂春晚"的怪现象。

其实这是一个观看心态问题，"春晚"是一台综合性晚会，包罗万象，让人人满意是不可能的。在这个百花园里，只要找到你喜欢的那朵花足矣。

"年年岁岁人相似，岁岁年年夜不同。"无论你在何方，无论你身居何地，"春晚"都寄托着中华儿女的"文化乡愁"。除旧、归乡、团圆，这些融于炎黄子孙血脉中的文化烙印，在节日中被再次呼唤、沉淀、绵延。

中国的国服

前些天,马尼拉一所国际学校组织了一场盛大的国际文化节,来自38个国家的学生和家长身穿本国的国服参加。中国的家长和孩子们演绎了旗袍版的茉莉花,获得了各国家长们的好评。恰巧,我有一位朋友参加了此次活动,她感慨道,各国的国服太美了。她转而问我:"旗袍算我国的国服吗?"一句话问住了我,难道旗袍是我国的国服还用质疑吗?我也不禁深思。

何为国服?国服应该是一个国家发展历程中思想文化、艺术积淀的浓缩,也是一个民族的象征,是一个国家的代表性服饰。如菲律宾,男有"巴隆"(Barong),女有"特尔诺"(Terno);韩国有韩服;印度有纱丽;越南有奥黛;日本有和服;等等。

一直以来,在一些重要场合,常见中国人穿唐装、中山装、旗袍,或其他充满中国风的服饰出席。唐装,其实源于海外,外国人称华人居住的"华人街"为"唐人街",把中式服装叫作"唐装"。唐装现已成为国际公认的中国服饰的标志,男女款皆有。中山装,是孙中山先生对西服的改良,随着时代的革新,如今出现了"新中山装"的款式，更加符合时尚潮流。

旗袍是华人女性的传统服装，被誉为中国的国粹。旗袍不是满族服饰，而是以满族旗装为基础，吸收西方元素，以西式的立体剪裁方式制作而成，又称"改良旗袍"。旗袍突出女性之美，审美观与传统旗装皆不同，从"近代服饰"演绎成为"现代服饰"。

简单地说，一种服饰好看，有历史，有故事，有内涵，有代表意义，让人一看到它就能想到这个国家和民族，就有资格成为这个国家的国服。

习近平主席和夫人曾经身穿改良版中式礼服参加荷兰国王的晚宴，习近平主席穿的中山装加了现代元素，习近平主席夫人着青绿色中式长裙，外搭深色刺绣长衫，典雅大气。他们的中式礼服贴切呼应，相得益彰，提供了很好的新国服设计范例。

中国历史悠久，文化底蕴深厚，无论哪种中式服装，在隆重的外交场合，都是对民族服饰文化最好的、最有力的传播，都能彰显国家形象和民族自信。

中国电影如是说

最近，著名主持人崔永元在影视娱乐界掀起了一场巨澜。他在接受采访时，不仅大揭娱乐圈黑幕，而且大谈当今中国影视的乱象与衰败。他既很消极，又很无奈。

由时光轴看中国电影的"前生今世"，时代赋予了电影各种素材，电影反映着时代的变迁。20世纪70年代以前出生的人，基本是伴着电影成长的，那时的电影给人以正能量，其中战争电影和反特电影最吸引人。电影能给人以真正艺术上的享受，一部电影，故事美、景美、歌美、音乐美，人更美。如今还在演唱的很多歌曲都是以前的电影插曲，比如我们在海外最爱唱的《我爱你中国》，就出自电影《海外赤子》；《我的祖国》是电影《上甘岭》的插曲。经久不息的老歌，传唱了几代人。

20世纪80年代，各个行业都吹响了向着"四个现代化"进军的号角，励志电影召唤着年轻人走进电影院。这些电影给人以力量，让人对美好的明天充满信心和畅想。那时农村题材的电影产量也高，虽是农村片，但城里人也看得津津有味，原因是它们贴近生活，与时代保持同步，演绎出了一幅幅真实多彩的农村生活画卷。除此之外，还有戏曲片、儿童片、动画片等，制作精美，内容经典。

20世纪90年代出品了一大批好电影，比如每年的贺岁片都让人非常期待，虽然电视已经开始与电影竞争，但是观众依然喜欢去影院看电影，好的电影不是电视节目可以取代的。

然而现在，确实很难看到一部有血有肉有真情实感的好电影，同样还是那些导演和演员，为什么就再也拍不出好影片了呢？有人说这是资本商业化运作的结果。关于这方面，我没有发言权，我只懂得从观众的角度欣赏电影。电影人不仅仅是娱乐的制造者，更应该是筑梦者，是灵魂和精神的创造者。我听过这样一句话："经济搭台，文化唱戏。"也就是说，经济是为文化服务的，而不是让文化去赚钱。我们的传统是艺术要养心养精神，不能只养眼，但优秀的艺术是通过养眼进而养心，这才是真正的好艺术。

希望电影人多给观众奉献高品质的、养眼养心的优秀作品。

追逐三毛

每年的 4 月 23 日是"世界读书日",这是一个非常有意义的日子,希望世界上更多的人去阅读和写作,尊重和感谢为人类文明做出巨大贡献的大师们。

当我想在这一天介绍一个作者时,三毛的名字会怦然跳出,不可替代。三毛的作品在 20 世纪 80 年代初进入中国内地,那时候我们已经在书中读了太多的人生大道理,立志做一个中规中矩的好人。而三毛的书却像打开了一扇窗,让我们看到了另一个世界、另一种生活方式。

第一次读《撒哈拉的故事》,内心无比震撼,世间竟有如此潇洒自由的女子,我恨不得马上飞去沙漠,过一遍她的生活。她的文字朴素清雅,慢慢地渗透出深刻。她的幸福是苦中作乐,那一篇篇幽默、诙谐、俏皮的故事,让人忍不住大笑。读她的作品总是不舍得一口气读完,很享受在书中和她神交,怕读完后无法面对那份无着无落的落寞。

三毛不觉得自己是芸芸众生里的一分子,没有走出常人的轨迹。一本《国家地理》让她毫不犹豫地决定去沙漠生活。穿布衣去结婚，结婚礼物是骷髅骨，没有鲜花就用一把香菜别在草帽上，家里所有的家具都是拾来的……三毛惊人的创作才华，独到的艺术品位，驯良而又不失个性的品性，与生俱来的文艺流浪气息，都深深地吸引着荷西。在三毛的故事中，荷西那样憨态可掬，享受她的胡说八道。他们在撒哈拉成家，经营着非凡的爱情，过着趣味无穷的甜美生活。

三毛的文章陪着我们走了很远的成长之路，她动人、简练、不做作的文笔，让我们有机会得以观见一个异族女子在黄沙荒漠中的生活，获得心底的快乐，感染悲悯的情怀。随着她的文字或笑或哭，随着情节颠倒着迷，这是文学的力量。除此之外，她对人生的态度，也影响着我们的人生观、价值观，影响着我们的读书与写作。我们沉醉于她笔下的世界和流浪的足迹，惊叹于她生而与众不同，死而遗世独立。

字如其人

记得很多年前,我在报纸上看到一篇文章,说英国出现了一种现象,青年们都不再喜欢用笔写字,而开始用电脑,这是一种退步。我当时看完就觉得好笑,不甚理解,写字怎么还能用别的代替,那时电脑在中国还没有普及。然而,时代进步太快了,中国现在也遇到了同样的问题。

电脑打字几乎取代了用笔手写,并引发了要不要写好字的争论。教育界高度重视,号召学生要写好汉字,同时鼓励高考卷面书写工整、规范给予5分。我觉得这个办法非常有必要。古人讲"字好一半文",用一手字来判断一个人的学问。还有一种说法,"字如其人",用一手汉字判断对方的个性。由此可见,一个人的字就是他的门面。

我们通常是上小学就开始练字,语文课上老师教笔画,再让学生用田字格一遍一遍地练习。不过,到了四年级,老师就会把教学重心放到课文上。假如学生想练得一手好字,就必须利用课外时间,有心的家长会让孩子临摹字帖,揣摩字的结构,最关键的还是要多写多练。

　　我始终认为，以前人们用书信交流的方式非常好，虽然传统，但是可以从字里行间看出一个人的修养、学问、性格、文化程度，甚至从字迹上还可以看出写信人当时的情绪，这是电脑打字所不能泄露的"秘密"。如果说笔墨写信是在传情传神，那么电脑打字只能算内容表达的行文方式，二者相差甚远。

　　练字能使人心灵沉静，提升气质，一个人的自信都萦绕在笔尖，滑落在纸上。字如其人，人如其字。一个人外表打扮得再好看，如果写不好字，形象一定会大打折扣。因为外表只是浮华，写字则能映衬出一个人的底蕴。

　　俗话说"好记性不如烂笔头"，我至今依然有用笔记录的习惯，好句子、读书心得都记在本子上，好处是保持练字习惯、提高书写速度、避免提笔忘字。

　　放下手机和电脑，拿起笔来重新从横竖撇捺开始，让一手漂亮的好字成为自己的名片和第二张脸。

人生驿站

人是奇怪的动物，是不安分的动物，是折腾的动物。

日子平淡时嫌弃生活无聊，想探险、想旅行、想与亲朋好友饮酒狂欢。折腾够了又嫌闹，打破原有生活起居习惯，没时间看书，没时间锻炼，没时间思考。不是肉吃多了，就是青菜吃多了，或者多日没碰水果，缺乏维生素，惹得口腔溃疡。此时又渴望生活快些回归平静，想起那些无聊的日子原来是一种幸福。

我现在亦是如此，假期尾声，已经迫不及待地想要回归原有的平静生活。想想二十天前休假前的那份躁动，内心不免笑话自己。随即翻了翻朋友圈，看到还在旅途中游玩的朋友，便留言道："好个灿烂的脸庞，如此开心，羡煞我也。"回答是："风景旖旎，旅行好辛苦，只把微笑留在照片上。"这就是旅游的魅力，每一站都会有惊喜，引导人们不断前行。人生何尝不是行进在旅途中呢！

其实，本人也是一个折腾分子，第一份安定、旱涝保收的公务员工作，干了十几年，突然觉得乏味无聊，说声再见便走人了，从此开始了吉卜赛式的生活。动荡、颠簸是一种生活方式，老守田园的朋友问我累吗，我答：习惯了！的确是一种习惯，这些年我所生活过的国家，遇见的人，经历的事情，总让我觉得生活有无尽的精彩。而每一段暂时的停留都像是一个驿站，充电，汲取力量，储备能量，再重新出发，一站接一站地走过。

我们折腾，其实是为了实现梦想，生活的驿站贯穿人生的各个阶段，可以说是人生旅途中最清晰的里程碑。少年完成学业便是到了学习驿站，青年成家立业便是到了家庭驿站，中年事业攀升便是到了成就驿站，而老年功德圆满便是到达终极驿站。

驿站，是古时候人们长途旅行中间休息的地方。人生驿站，就是人生旅途中，当你感到疲惫时，让自己停下来小憩一下，找个安静的地方放空自己。漫漫路程，身心疲惫时，不妨停一下，沿途风景无限，驻足歇息，饱览风光，亦是一大快事。一旦想明白，不必意兴阑珊，不必心猿意马，"凡事预则立，不预则废"，折腾过后，静下心来，期待旅途中出现下一个修身养性的驿站。

"爱情教母"背后的男人

差不多20年前,一位朋友借给我一本很厚重的32开本杂志,她说是繁体字,还是竖版,看着忒累。我接过杂志一看,印刷精美,文字风格特别,再一看是台湾出版的,便好奇地翻看起来。那是我第一次看《皇冠》杂志,也是至今看过的唯一一本。

后来才知道,该杂志的创刊人叫平鑫涛,是风靡大陆的情感小说家琼瑶女士的丈夫。多少年轻人曾经痴迷于她的小说,渴望拥有"琼瑶式"的爱情。作为"爱情教母",琼瑶的感情观影响了几代人,她的作品更是缠绵悱恻地演绎了"问世间情为何物,直教人生死相许"的千古谜题。

虽然喜欢琼瑶的小说,但因那时信息闭塞,不曾了解她的个人情况,只知道沉醉于小说中,大段背诵书里浪漫的语句,对她的每一本小说都如数家珍。后来,第一次看到琼瑶的照片时,发现她就是我心目中的样子,或许因为她写的每个故事里都有她自己的影子吧。再后来,她的家庭情况一一被公开,原来她的生活就是一部轰轰烈烈的长篇爱情小说。

爱是一鼎一镬的烟火，更是不离不弃的相守。琼瑶生活中的男主角，既是与她编织爱情故事的人，也是让她写出64个爱情故事的支持者。他们相恋50余年，结婚40年，他是她的出版人、经纪人、保护神，他们一同缔造爱的王国。在他的帮助下，琼瑶的小说、电视剧成了风靡整整四分之一个世纪的神话。

　　"山无棱，天地合，乃敢与君绝。"《还珠格格》的热播，让这汉乐府民歌的诗句，传得妇孺皆知。而今，琼瑶亦迎来了她的"与君绝"，2019年5月23日，92岁的平鑫涛先生辞世，她发长讣文追忆先生："也曾数窗前雨滴，也曾数门前落叶，数不清是爱的轨迹，聚也依依，散也依依！"悲情中仍含着浪漫，又一次上演了琼瑶剧中的爱情。她以花葬掩埋最爱的人，这是何等的脱俗！

走进"广场",守望华文

无论到哪个国家,我最先做的便是找华文报纸,因为它们是华人的精神家园,思想、理念、文化都符合中国人的思维方式。看华文报纸,要看国内外新闻,看文娱消息,甚至看广告,但最感兴趣的还要属文学版面,那里有我最爱的散文、小说、诗歌以及杂文等。我知道任何一个华文创作者,不管走到哪里,都会把华文文学的种子带到那里,让它生根、发芽、开花,并结出丰硕的果实。我自己也是这样的创作者。

落地菲律宾后同样如此,单位订阅了全部华文报纸,拜读每篇文章,查看每个板块,寻找适合自己播种的沃土。终于,我在"小广场"找到了属于自己的那几块方田,并开始辛勤耕耘。决定在《世界日报》开专栏,我也是下了一番决心的。每天看着那些专栏作者们不断更新的内容、精湛的文笔、标新立异的观点,内心多少有点胆怯,不知自己这两把刷子是否可以入得了读者的眼。直到第一篇投稿得到总编的肯定,我才算松了一口气。俗话说,打江山容易坐江山难。要守住这块"自留地",谈何容易?

与世界旅游文学联会会长、中国香港作家联会会长潘耀明先生和中国香港《文综》副总编、世界华文联盟副秘书长白舒荣女士合影

业余作者面临的困难是，每天相当于做两份工作，白天上班，晚上写作，出行旅游，回国探亲，都要背上沉重的作业，没有时间恋战或沉湎于美景、美酒、美食，随时准备一头扎在文章里。不仅如此，给自己的写作选题，更不是一件轻松的事。在迷茫之际，恰巧遇到一位"小广场"曾经的专栏作家。她告诉我，她是《世界日报》首批专栏作者，而且栏目一写就是八年，每周五篇。我听了很震惊，我一周不过写两篇，就已经叫苦不迭了，岂敢想象每周的满负荷。我对她佩服不已，也为自己想要退缩感到惭愧。

我认为"坚持"二字，是世界上最难做到的事情，很多事情开头都是轰轰烈烈，结果却总是无疾而终。坚持是一种考验，也是一种成功。到12月1日，菲律宾《世界日报》广场栏目就已走过了二十年的路程，它对菲律宾华人社会群体影响巨大。文学广场栏目给作家们提供了文学耕种和交流的平台，使得华文文学得以更广泛地传播和传承。今后，在这块宝地上，还将结出更多的饱满果实，真心希望自己也是这块良田的守望者。

音乐之声

2019年"文化中国·水立方杯"全球华人中文歌唱比赛青少年组预决赛6月9日在马尼拉圆满结束,两位歌手脱颖而出,她们将代表菲律宾赴北京参加总决赛。在去年的比赛中,施美妮获成年组金奖佳绩。菲律宾人天性会唱歌、爱唱歌,在这个文化氛围浓郁的歌舞之国,华人孩子从小就受到熏陶,只要他们一开口,便如天籁。

菲律宾的歌手总能给人以出乎意料的震撼。歌手KZ·谭定安在湖南卫视《歌手2018》一炮走红,拿到全场第一名。一首《Rolling in the Deep》展示出了她的强悍唱功,一段极速说唱更是点燃全场。

菲律宾的音乐,从惊涛骇浪和渔歌小调中来,可以铿锵激昂,也可以缠绵悱恻。自300多年前就混合着外来元素,从以西班牙为代表的欧洲模式,到后来美国文化的传入;从音乐类型上看,又是西方古典音乐与近代音乐的碰撞;这让菲律宾的音乐一直处在多元变化之中,其中又以西班牙音乐风格最为突出。

然而有趣的是，菲律宾的本土文化又异常独立，无论是婚丧嫁娶，还是丰收、祭祀，都要有歌舞相伴。比如棉兰老岛、苏禄岛穆斯林、马来人的音乐和舞蹈，仍保持着原有的印度舞姿和阿拉伯特色。音乐中，钟锣和丝竹是最重要的弹奏乐器，比较著名的有手击锣、锤击锣、竹鼻笛、嘎梆木琴等。土豆舞、蜜蜂舞、竹竿舞是劳作随时跳的舞蹈；《水罐舞》《节日舞》已经登上世界舞台。菲律宾人的歌曲很独特，有领唱，有合唱，领唱者用颤抖的声音表现，合唱部分则强调母音，以增强节奏感。

菲律宾人的乐观与他们的能歌善舞密不可分，上下班路上，晚间的街心公园，随处可以看到他们随性的舞姿，听到他们无伴奏的歌声，这种歌舞浑然一体的天性，是我们无论如何也学不来的。

久久不见久久见

有一首特别好听的歌曲："久久不见久久见，久久相见才有味，隔久不见真想见，哥妹相见乐无比……"这是一首用海南方言演唱的情歌，流传于海南省的琼州黎族聚居区，词曲婉转深情。

没想到这首暧昧的情歌会火遍中国大地。在 2018 年博鳌亚洲论坛年会开幕式上，习近平主席发表重要主旨演讲，开头就引用了"久久不见久久见，久久见过还想见"这句歌词，表达了新老朋友再见面时的愉悦之情。

又一次听到这首歌曲，是在第十八个中菲友谊日"黄金时代 菲中情"庆祝晚会上，用它歌唱中菲两国之间的友谊再恰当不过了。中菲两国人民的交往可以追溯到 16 世纪，海南与菲律宾隔海相望，相同的阳光、椰风海韵，相似的饮食、服饰、语言、歌舞，以及人文风情，一场晚会恍如是菲律宾艺术家在表演，尤其是黎族的《收获》《织黎锦》《哎呀，白捞》《奔格内》《打柴舞》等，从音乐到舞蹈动作，都与菲律宾舞蹈极其相似。还有黎族歌曲《黎家心花开》，苗族歌曲《门莎乖》《苗家迎客歌》，与菲律宾民歌《Ikaw》不分伯仲。印象最深的是器乐合奏《唎咧悠悠叮咚响》，由黎族同胞用山竹制作而成的民间乐器演奏出来，声音高亢、明亮、悦耳动听，鼻箫的深沉犹如恋人呢喃，加上叮咚的鼓点，构成了海南原生态的表演方式，非常独特。

原生态舞蹈《竹竿舞》与菲律宾的竹竿舞如出一辙，道具是就地取材的毛竹，歌与舞相结合，步伐多样，节奏欢快，展现了劳动者热爱生活、奔放朴实的民风，将晚会推向了高潮。

这场欢歌笑语的晚会，由海南民族歌舞团、琼中黎族苗族自治县民歌展演团共同创排，39位艺术家以独具海南黎族苗族特色的歌舞表演，表达了对中菲两国"久久见过还想见"的美好祝愿。

家书抵万金

在海外，有上千万的福建、广东和海南三省侨胞。早年，这些华侨先辈为生活所逼或为逃避战乱，冒险泛海南渡，前往东南亚及其他国家。他们吃苦耐劳、奋斗拼搏、朴实守信、克勤克俭，将来之不易的血汗钱寄回家乡，力尽赡养父母妻儿及家（族）人的责任。寄回国内的家信，或简单附言的汇款凭证，是"信款合一"的平安家书，这些家书是家人经济和精神的支撑。

古今中外，离家的游子，无不靠着书信维系与家人之间的情感，一封封书信饱含着浓浓的亲情。古有杜甫的"烽火连三月，家书抵万金"，陆游的"写得家书空满纸。流清泪，书回已是明年事"；现代有《傅雷家书》；外国有《莫扎特家书》，都堪称流芳百世的经典。家书是从文字中产生和孕育出来的一种特殊的艺术形式。

何止亲情，同事之情、同学之情、战友之情，无不是靠鸿雁寄托相思，传递情谊，一笔一画，蕴藏着多少情愫。至今我都十分怀念那种接到书信，见字如面的感觉。多少年过去了，已经忘记亲手往绿色信筒里投递信件时的期盼，也忘记了迫不及待地展开书信时的激动，更忘记了为一封远去的书信由衷地挑选寓意深刻的邮票的心情。

现代生活太方便了，微信、QQ让天涯近如咫尺。礼物通过快递随时送达，却少了一纸信笺的牵挂。再想自己，好像也已经许久未写过书信了，甚至连笔也很少拿起，不由得怅然若失。

时常想起过去，笔墨倾情常用的书信语。起始："捧读知己惠书，音容笑颜，历历在目。"思念："分手甚久，别来无恙。""相距甚远，不能聚首，转寄文墨，时通消息。"钦慕："久慕英才，拜谒如渴。"问候："阳春三月，燕语莺歌，想必神采奕奕。"结束："忙中即书，言不由衷，不足之处，恕见谅。"……

信手找了一些，借以回味书信的美好，想来对电邮也有所裨益。

奇思妙语

坚持是一种精神

世界杯足球赛还在继续，一场又一场激烈的精彩比赛还在俄罗斯上演。今年的世界杯不断爆出冷门，据说很多被看好的球队，在球迷的惋惜声中被淘汰。而这些被淘汰的球队，却依然赢得了球迷的赞扬。他们技术水平佳，在赛场上反应机智，英勇顽强地坚持到最后一分钟，自始至终不曾松懈。这无疑是一种对信念的坚守，是一种不放弃的精神。

我一向不属于竞技场上情绪高涨的追逐者，但受周围环境的影响，这次也不由得被卷入热流中。俗话说：内行看门道，外行看热闹。我对球赛规则看不大懂，算是看热闹的人，而这种热闹也是比赛场上不可缺少的力量。我看每个球队勇猛善战、永不放弃的精神，比如德国队始终不言败的毅力，使他们在比赛即将结束的一刻进球，赢得宝贵的一分，虽败犹荣；还有比利时队，一直以0∶2落后于日本队，却没有气馁，最后出人意料地完成大逆转，以3∶2获胜，除了战术，比利时队靠的也是一种坚持不懈的精神。

其实，我们在生活中又何尝不是这样呢？有人说，喜欢读书，然而每次看到一半就丢到一边，看惯了手机里的碎片文字，再去看一本厚厚的书，居然不能坚持看完了。还有人说，喜欢健身，信誓旦旦地办了健身卡，可一年也没去几次健身房，总会有各种原因让自己的计划落空。其他如学英语、练书法、写作、练瑜伽等，也都会有各种理由放弃坚持，导致半途而废。

由此可见，坚持，其实是一个艰难的过程，也是一种人生的考验。而艰难也是激发人生成功的一种动力，是一种潜在的幸福。生活中不能没有艰难，没有艰难就没有压力，没有压力也就没有前进的动力。人有时需要为自己树立一种信念，必须坚持走过艰难困苦，因为只有坚持才会有希望，才能走向胜利。

坚持是一种信念，努力是一种精神，同时做到二者的人，一定是勇者。

将中文歌曲进行到底

当今，很多中国歌曲都喜欢在歌词中加一些英文，听起来很洋气，甚至有些中文歌名直接是英文，初识让人搞不清楚是中文歌曲，还是英文歌曲。

曾经在央视一档综艺节目上，歌手尚雯婕和非物质文化遗产"渔鼓道情"传承人苗清臣一同演唱《三国演义》名段《要荆州》。这是一个文化传承类的综艺节目，说白了，就是唱中国传统歌曲，没想到尚雯婕一开嗓竟是用法语演唱。唱罢，评委李谷一老师提出质疑："对这种非物质文化遗产项目，你为什么用外语唱？"尚雯婕反驳道："听众不光有中国人，也有外国人。"而李谷一说，她1985年就在法国开演唱会，用中文演唱法国人可以听懂；男高音歌唱家帕瓦罗蒂来中国演出，用他自己国家的语言，不需要翻译，中国老百姓也能听懂。这番话不无道理，音乐无国界，通过音乐的旋律，观众能认识你，能知道你唱的是什么含义。

20世纪80年代末，港台流行歌曲流入中国内地，对当时的歌曲文化是一种冲击。我记得第一次听《明天你是否依然爱我》这首歌曲时，被最后一句英文所吸引：Will you still love me tomorrow。中国内地流行音乐大门开启，立时涌现出大批演唱港台歌曲的歌星，比如刘欢、苏小明、臧天朔等，他们把港台演唱方法与内地民族元素结合，推陈出新，歌曲传遍大街小巷。

几十年过去了，歌星们唱外国歌曲也不在话下，开口即唱。但无论如何，中国文化毕竟还是中国人的根，保护并传承下去，是每一代中国人义不容辞的责任。

其实，唱外文歌也好，歌词混搭也罢，都是世界文化相互融合的一种发展趋势，关键是演绎场合要适宜，比如刘欢和莎拉布莱曼的《我和你》，尽管是中英文穿插演唱，但在奥运会的舞台上却是相得益彰。

说到底，中国歌曲是中国文化传播的重要名片，在向世人展示我们的民族风情时，不能让原汁原味的曲调变味，只有这样，才能在日趋大同的世界展现独树一帜的风采。

开学季,恐惧季

办公室里几个同事的孩子被送回国内上小学。虽然大家都知道现在国内小学对学生管理严格,但到底怎样严格,没人能说得清楚。后来我想,适者生存,好钢还要火来炼。

听说一个读三年级的女孩,刚开学,全家就被老师来了个下马威。其一,图画课老师让准备各种画笔和画本,以及做万花筒的材料,却又不给列清单,孩子准备不全就不准进教室。其二,教师节学校搞教师评选,让学生写一篇《老师的作息表》,意思是老师每天很辛苦,学生需要以采访的形式表达出来,立意非常好。他们一家三口通过微信视频研究商讨,准备大纲,一切就绪,只等采访。结果第二天,班主任把她的作息时间往黑板上一写,同学们抄下来,再用自己的语言写出来,然后老师拿着完美、相似的采访记录,去参加学校的个人评选,真是滑天下之大稽。

不仅如此,班级有一个家长微信群,老师经常在群里批评家长,弄得家长战战兢兢,生怕自己的孩子犯错,触怒了老师。家长叫苦不迭，称孩子入学，全家上课。

　　同事的孩子在马尼拉时上国际学校，除了在校上课，校外有中文班、兴趣班等，还有大把玩的时间，每天穿梭在各个学习班中，却依然显得轻松、快乐，脸上挂着童真的笑容。

　　我在想，同样是小学教育，为什么差距会如此之大？其实，关键点在于教育理念决定了教育方法。西方注重轻松教学的同时，更注重孩子的兴趣，不抹杀孩子的天性，培养孩子的自我成长意识。就像米卢给中国足球带来的理念，足球是一种游戏，一种乐趣。与之相反，中国孩子从幼儿园起便开始了考试和攀比，或者说竞争，一代传一代。

　　中外教育文化各有利弊，过于放松不好，虐心更不好。

父母恩勤

　　回国休假，正好赶上大学发榜，饭店里到处可以看到家长为庆祝儿女金榜题名，满怀胜利的兴奋宴请亲朋好友。学生结束了十二年寒窗苦读，学生的父母也终于可以扬眉吐气地昭告天下了。

　　在与家人和朋友的聚会上，满耳朵也都是孩子升学、家长陪读方面的事情。我有一个亲戚，孩子从上初二起，妈妈就提前办理病退，才40岁出头就成为专职陪读妈妈。孩子倒是争气，初中毕业考进重点高中。这两年，孩子除了白天上课，课后还要参加各种补习班，基本不与外人来往，见到我只是木讷地打声招呼，然后就躲到一边刷手机，丝毫看不出一个17岁少女的朝气。她的妈妈更是除了女儿的学习，无任何话题可谈，因为她现在的世界只有那么大。

　　中国的家长为了孩子，可谓煞费苦心，豁出去一切，花血本买或租学区房，为了陪读辞掉工作也心甘情愿。这种做法好还是不好呢？我倒是觉得，把孩子的成长变成父母生活的全部，是做父母的悲哀。父母是孩子的第一任老师，是孩子学习的榜样，父母的视野和格局直接影响着孩子，潜移默化地渗透到孩子的心灵深处，孩子会不自觉地效仿。孩子的"三观"一大部分是从家长那里获得的，这种说法一点也不为过。

"授人以鱼，不如授人以渔"，做父母的最重要的是教会孩子从小养成良好的学习和生活习惯，学会如何克服困难，学会独立，而不是依附。那些做孩子"仆人"和"书童"的父母更是愚蠢至极。父母认为放弃自我、成全孩子，是无私奉献，是伟大的爱，但孩子未必会领你的情。这种做法除了带给孩子莫大的压力，让孩子背上沉重的思想包袱之外，他们内心还会想："你自己都不思进取，事业上无所成就，凭什么让我快马扬鞭?"因此，家长要有自己的事业、爱好，跟孩子平等相处，才能获得孩子的尊重。

我总在想，我那亲戚的孩子明年考上大学，也就意味着妈妈下岗。而等她大学毕业，结婚生子后，某天遇到跟妈妈同样的情况，是否也会早早地辞职陪读呢？这是一个令人深思的社会问题。

关于母亲节

据说,母亲过节最早源于古希腊的民间风俗。那时,古希腊人每年春天都要为传说中的众神之母、人类母亲的象征——赛比亚举行盛大的庆祝活动。

美国的南北战争结束后,一位叫贾维斯的妇女提出,应该设立一个纪念日,给那些抚育英雄儿女的平凡女人一些慰藉。可惜愿望还没有实现,她便与世长辞了。她的女儿安娜继承母亲的遗愿,呼吁创立母亲节。1914年,美国总统威尔逊郑重宣布,把每年5月的第二个星期天,即贾维斯夫人的忌日,定为母亲节。当时,美国政府还规定,母亲节这天,家家户户都要悬挂国旗,以表达对母亲的尊敬。由于贾维斯夫人生前喜爱康乃馨,后人解读它的花语为"温馨的祝福、不求代价的母爱",这种花也就成为母亲节之花。

其实,中国自古就有尊崇母亲的特殊日子,而中国的母亲花是萱草花,又叫忘忧草,花语是:真实的爱、永恒的爱。中华民族历史上,孟子的母亲仉氏是最突出的中华贤母形象,"孟母三迁"

"断机教子"的故事传颂了两千多年，孟母被誉为"母教一人"。

20世纪90年代起，随着中国与国际社会的日益接轨，母亲节在中国盛行起来，越来越多的人开始接受母亲节的概念，以自己特有的方式表达浓浓的亲情。在母亲节这天，子女们会给母亲送鲜花、蛋糕，亲手为母亲烹制饭菜，送母亲礼物，带母亲拍照，或者与母亲一同旅游等。

节日是民族文化的载体，文化记忆很大一部分是节日的记忆。多年以后，许多往事都已淡忘，但过节的情景却历历在目。真正的母亲节应该扎在心里，去体悟母亲的爱。我们提倡一面是母爱、母教，一面是爱母、孝亲。

中华民族具有悠久灿烂的伦理文明，是非常重视亲子之情和仁爱之心的民族。母亲用她博大的胸怀，养育出多少优秀儿女，我们理应有自己的充溢民族优秀文化内涵、崇高民族精神的中华母亲节，而不是外来的母亲节，这更是中华民族伟大复兴的需要，不是吗？

关于朋友圈

现如今,几乎没有不玩微信或微博的人,几乎每个人都有朋友圈。前两天看到一个朋友发的微信文章,大意是说朋友会影响到自己的生活,所谓"生活圈子决定你的命运",接近什么样的人就会走什么样的路。文中提出一个理论,说是"圈子虽小,干净就好",一个人最多能有150人的稳定的社交圈子。这篇文章也触发了我关于朋友圈的一点感想。

朋友圈是必要的。中国人讲究圈子,与中国人的文化特性有关。著名社会学家费孝通在他的《乡土中国》一书中,用"差序格局"来描述中国的社会结构。所谓差序格局就是以自我为中心的社会圈子,它能伸能缩,圈子的大小取决于中心势力的大小。传统上中国是一个人情社会,中国人爱面子,讲交情,攀关系。可见马化腾先生发明的微信朋友圈,深谙中国文化之道,抓住了中国人的性格特点。客观地讲,朋友圈拉近了人们的心理距离,扩大了人们的社交范围,增加了人们获取信息的渠道。不过也要看到,所谓的朋友圈掺杂了太多友情以外的东西。有人在朋友圈从不发声，深沉得让人害怕。有人只转发，无半点自己的思想。有人只发偏激甚至负面的东西，让人看了心堵。还有人在你这里惜"赞"如金，但是到了其他人那里，跟风点赞，毫不吝惜溢美之词。朋友圈不知不觉变成了人情圈、势力圈甚至怪圈，一个普通的点赞有时候都要颇费思量。

其实朋友就是朋友，要多一些平等、真诚和互信，少一些势利、冷漠和猜忌。在我看来，甄别和清理朋友圈，比扩大朋友圈更为重要。让朋友圈成为君子之交的场所，而不是阿谀逢迎的舞台；让朋友圈成为闪烁思想光芒、增长人生阅历的宝藏，而不是传播偏见与恶意、无病呻吟、孤芳自赏的低地。大而无趣的朋友圈犹如鸡肋，食之无味，弃之可惜；小而精的朋友圈，才是充满正能量的精神食粮，能使我们耳聪目明，心态健康。

关于生命

前两天,一则报道引起了全世界人们的关注:澳大利亚104岁的科学家古德尔,在瑞士主动寻求安乐死。这位科学家寻求死亡的原因很简单:真的活腻了……

古德尔是植物学家和生态学家,经历过两次世界大战,学术硕果累累,家庭美满幸福。当了一辈子工作狂的他2014年还给杂志写文章,两年前仍坚持在大学工作,获得了澳大利亚勋章。尽管他从不服老,但是岁月不饶人。因身体原因,学校劝他不要再工作了。他的视力日益下降,很难再读电子邮件。他再也无法参加业余剧场的彩排,再也不能再打网球。最让他难以忍受的是,绝大多数朋友已经去世,他身边除了家人,找不到可以说话的朋友。

对于习惯了丰富多彩的人生的老人来说,这样无聊地生活,无疑是一种煎熬。他想,与其等死,不如自我了断。于是,他向澳大利亚政府申请安乐死。他与家人一起过完自己的104岁生日之后飞往瑞士,这是一次不归的旅程。他吃了自己最爱的食物,听着贝多芬的《欢乐颂》安详而去。

  敢于主动挑战死亡，无疑需要莫大的勇气。如果生命已经失去生存质量，那么结束它其实是最佳的选择，但这不是所有人都能做到甚至想到的。我们的生命拜父母所赐，我们没有选择的权利，只是在生命过程中有使用的权利。我们可以用生命赋予的聪明才智改造世界，不枉来此一世。至于如何结束生命，却没有人想过。中国人有句老话：好死不如赖活着。而这滋味也并不容易承受，生活无法自理，全靠别人长年累月的照顾，这样的生活已没有任何尊严可言。巴金先生曾在病床上躺了六年，每一个爱他的人都希望他能健康活下去，他却说："长寿对我来说，就是一种折磨。"一位英国诗人曾经问道："假如生活是一场糟糕的电影，何苦还要等到结束？"如此看来，有时及早解脱，也是一种爱的成全。

  说到此，我倒是很钦佩西方人对生命的超脱态度。人是否能有尊严地结束自己的生命？是否有权利选择体面地离开？生命的意义是否能够重新定义？这将是一种新的思考。

孩子的兴趣与爱好

得知一友人刚从台湾回到菲律宾，赶紧问候了一下。她这次去台湾是因为儿子参加比赛。儿子学打冰球两年多，此次参加比赛的都是一些业余选手，比赛名次并不重要，主要是为了让孩子见见世面。

这次冰球比赛分为两个年龄段，少年组（8~10岁）和青年组（12~14岁），众多国家和地区的青少年报名参加比赛。从赛场上的表现明显可以看出，中国内地少年组实力强，青年组弱。内地少年组的孩子技术水平高，基本功扎实，一看便知道是接受过严格的训练。海外孩子学打冰球纯粹是作为一种兴趣爱好，孩子们在赛场上跟平时训练差不多，很悠然的感觉。教练也不催，还不断表扬。但中国内地青年组呢，他们正处在初中阶段，学习压力大，根本没有时间训练。相比之下，海外的中学生，始终保持着训练进度，技术纯熟，自然比内地中学生强一些。

其实，何止是冰球，在国内，孩子从小就被家长送到兴趣班，再参加各种考级，完全是培养专业人才的架势。可进入中学，兴趣班基本就结束了。我有一位"80后"的同事说，从小因为学钢琴，挨了不少揍，勉强学到上中学，然而从上高中开始直至现在，几乎没有再摸过钢琴。连她自己都说不清楚，学钢琴对她有什么作用，真的纯粹是为了学而学。

兴趣爱好是人与生俱来的天分，是推动人们认识事物、探索真理的重要动机。现在大多数孩子的兴趣爱好是由家长选定的，家长或者出于为孩子考学加分的功利想法；或者与人攀比，不让孩子输在起跑线上；又或者把自己的兴趣爱好强加到孩子身上。

爱因斯坦曾经说过："兴趣是最好的老师，真正有价值的东西，并非仅仅从责任感产生，而是从对客观事物的爱与热忱中产生的。"每个孩子都有兴趣爱好，应当正确引导，认真培养，适当地施压或鼓励，但不强迫，不拔苗助长，不急于求成，给孩子足够自由的时间、空间，让他们自我探索，练就恒心和耐心，从兴趣中找到巨大的快乐，从而让兴趣伴随他们成长。正如孔子所说："知之者不如好之者，好之者不如乐之者。"

好好活着

3月11日是一个黑暗的日子。埃塞俄比亚航空公司的一架客机,从首都亚的斯亚贝巴起飞后不久即坠毁,机上157人全部罹难。遇难者中包括8名中国乘客,他们大都是"80后"、"90后"的年轻人。他们中有意气风发、怀揣梦想的大学生,有技术精湛、勤奋敬业的中资企业骨干,也有胸怀大爱、志存高远的联合国机构职员。他们的猝然离去,不仅让他们的亲友悲痛欲绝,也令所有看到这个消息的人扼腕叹息。

命运是如此难以捉摸,如此残酷无情,你无法与之抗争、与之讨价还价。有一种说法:"你永远不知道明天和意外哪一个会先到。"尽管如此,幸存的人还要顽强地活着,并且努力地活得更加精彩,更有意义。也许只有这样,才是对那些还来不及享受生命美好、实现人生抱负的人最好的告慰吧!

我们在为那些不幸英年早逝的同胞感到惋惜的同时,也不禁为另外一些素质低下、行为恶劣的同胞感到羞愧。最近在网上看到两个视频,颇多感慨。其一,在一趟高铁上,一位中年妇女与邻座发生一点争执，竟在车厢破口大骂，污言秽语不堪入耳，那副肆无忌惮的嘴脸令人作呕。无独有偶，在另一个城市的公交车上，一位84岁的老翁，只因公交车司机善意提醒他要随身携带老年证，居然恼羞成怒，举起手中的拐杖对着无辜的女司机和上前劝阻的乘客劈头盖脸一顿暴打。此情此景，让人不禁想起那句"不是老人变坏了，而是坏人变老了"的流行语。

  大千世界，无奇不有。有人分秒必争、孜孜不倦地充实自己，为理想而奔忙，为社会创造价值；有人游手好闲，怨天尤人，浪费生命；有人内心阳光，用爱温暖身边的人，让世界变得更好；有人却满身戾气，让人避之唯恐不及。人啊，万物之灵，要珍惜自己，与人为善，才能直面命运的无常，才能不负生命的馈赠。

何为情商高

不知从何时起,大家喜欢用智商高或情商高来评价一个人。这智商高好说,只要学习成绩优秀,都算智商高。可是情商高就没那么容易直观评说了,它既摸不着,也说不清。

到底什么是情商呢?理论上来说,情商(EQ)是指情绪商数,又称情绪智力,是近年来心理学家们提出的与智商相对应的概念。它主要是指人在情绪、情感、意志、耐受挫折等方面的品质。以往人们认为,一个人能取得成就,是因为智商高;但现在心理学家们认为,情商高对取得成功具有重要的影响作用。

我始终认为,情商的高低,先天因素只占一小部分,后天培养更为重要。后天培养首先受父母和周围环境影响,其次是个人的刻意追求。情商高不是孤立的,是一个人高素质的综合体现。这种素质靠大量读书,并时刻自我修正,取人之长,补己之短;在与人交往中懂得控制情绪,尊重别人,让别人舒服,并把这些作为一种生活习惯。

君子如玉,让人舒服的人就像一块温润的美玉。让人舒服,是顶级的人格魅力。情商高的人是让人舒服的人，他们无论听到怎样酸甜苦辣的话，都能百转千回，平缓地接起来，从不让一句话落地，这就是情商高的人的高明之处。

有些人总会把处处给人难堪当作真性情，用压制别人来体现自身的优越，通过贬低别人来卖弄自己，从不懂得感同身受和换位思考。这样的人不能说没有情商，只能说有一种"孤家寡人"式的情商。谈情商，就必须谈尊重，尊重领导是一种天职，尊重同事是一种本分，尊重下属是一种美德，尊重客户是一种常识，尊重对手是一种大度，尊重所有人是一种教养。仓央嘉措说得好："我以为别人尊重我，是因为我很优秀。慢慢地，我明白了，别人尊重我，是因为别人很优秀，优秀的人更懂得尊重别人。对人恭敬其实是在庄严你自己。"

从现实生活来看，情商高的人，是因为格局大，修养好，内心有别人，并在每个小细节里都让别人时时感受到贴心与舒服。

孩子越有出息，父母越"悲哀"

这句话听起来似乎有些不合情理，应该是孩子越有出息，父母越幸福才对。然而现实好像并不是这样，孩子越有出息，飞得越高，离父母越远，父母就越容易陷入"空巢家庭"的状况。

前些日子，偶然遇到一对从北京来的老夫妻，他们的儿子毕业于国内某名牌大学，毕业后考入一家国际公司，随即被派到菲律宾分公司工作，一晃已在马尼拉生活8年，结婚、生子、安家、立业，一切都是那么顺利美好。然而有一件事却不能圆满，那就是老夫妻退休后住在北京，日子久了难免想儿子，飞到马尼拉住上一段日子，可毕竟不适应异国他乡的热带气候，也没有自己的朋友圈，便再返回北京。随着时间的流逝，老夫妻年龄越来越大，再也经不起长途飞行。现在困扰他们的问题是：今后将落在哪里生活？他们告诉我，两人退休前都是国企的工程师，儿子也一直都是他们的骄傲，学习工作从没让他们操过心，没想到孩子的"有出息"有一天竟成为他们这个家庭的难题。标题就是他们告诉我的，他们说，其实在他们身边，像他们这类情况很常见，要么与儿女一直天各一方，要么随儿女去国外，或是随儿女住在国内的某个城市，总之不会让儿女放弃自己的事业。倒是这对老夫妻想得开，他们已经在北京某养老院试住过几天，打算将来住进养老院安度晚年。

据全国老龄办调查，我国有一半属于城乡空巢家庭或类空巢家庭，空巢和独居老人已经接近1亿，到2030年，这个数字将会达到惊人的2亿。"独居之殇"已不再是一家之悲，而是一个沉重的现实社会问题。如今独生子女压力大、肩负重担，很难两全，只有社会、子女、父母三方努力，才能逐步解决空巢父母的难题。空巢父母需要的不只是一句问候，还有所有人与社会的长期关心和爱护。

女为己容

某次饭局上，一男士朋友问我："为什么有些身居高职的女强人，看上去都很寒碜呢？不是长相，而是穿着实为不讲究，没品位，没品质，随便得很。"我回答："因为她们先是学霸出身，后又是工作狂，没时间收拾自己。"他无语。

过后我想，他说得不无道理。其实我身边也有几位类似这样的朋友，一周上班五天，黄白的一张脸，不修剪发型，不着脂粉，几件过时的衣服来回穿，鞋子更别说，永远与衣服搭配错位。

古人说"女为悦己者容"，在古代"悦己者"只有一人，而当今则为众。有些女人婚前与婚后完全不同，婚前出门懂得精修自己，婚后从不在意自己在人前的样子。曾有朋友说，这把岁数了，打不打扮都无妨；还有的说，省省吧，省了钱供孩子读书；更有的说老公都不嫌弃，还美个啥。女人最可悲的不是年华老去，容颜不再，而是在婚姻和平淡的生活中自我放纵和迷失。

风姿绰约的女人是一道风景线，是办公室里的一束阳光，是公众场合养眼的白玉兰。女人装扮自己不只是为了取悦异性、取悦社会,更是为了取悦自己。有人说,有知识的女性不见得会经营自己。这话我认同,智慧女性展现学识与才华,但不卖弄;优雅得体中彰显自己的个性,但不哗众取宠,实为内外兼修之成果。

女人应该为了"悦己"而容,而要想做到取悦自己,首先得正视我们内心的真正需求。读书,是为了少走弯路;工作,是为了找到自己的价值;结婚,是为了找到与之偕老的另一半……明白了内心的真正需求,才能不忘自己的初衷。王小波有一句话:"一个人只有今生今世是不够的,他还应当有诗意的世界。"因此,女人不仅要勾勒属于自己现在生活的艺术框架,还要有美学意识和浪漫情怀。

"悦人者众,悦己者王。"悦己,才是高级女人最优雅的姿态。真正的自信,是何时何地都能配合自己的心情装扮自己。生活像一个惊喜不断的秀场,只有灵魂独立,永不将就,扮好妆容,才能随时成为自己的主角。

请放下手机

谈起手机，话题似乎永远也说不完。手机的功能实在太多了，人们越来越依赖它，工作、学习、购物、理财、拍照，手机可以说是生命伴侣，只要打开就很难放下。人可以不见老公或老婆，不见孩子或朋友，但是手机一旦离手三分钟，心里肯定发慌。

然而，手机毕竟不是人，是物，完全可以由人来控制。在现实生活中，不妨学会暂时割舍，放下手机，这也是对他人的尊重。

我有一个闺蜜，每次我们俩相聚，会不约而同地放下手机，调到静音，并将屏幕扣在桌面上，以这种方式把连接世界的大门关上，安心聊天。放下手机，除了不会受外界干扰，其实也是一种礼貌，或者说礼仪。手机礼仪，应该越来越被重视。大多数人认为：我的手机我做主，与你何干？其实不然，你在与别人谈话时，就已经属于社会交往层面，那就必须遵守社会公德，尊重别人。

记得一次与两个很久不见的友人小聚，打算好好叙叙旧，可是热火朝天地聊了几分钟后，那两位各自抄起手机忙碌起来。其中一位很夸张，三部手机摆在眼前，轮番轰炸。她像大区作战司令，指挥着前线的千军万马。她解释说，现在做生意离不开手机，稍慢一点，前线就会溃不成军。另一位正看别人发给她的抖音视频，乐得哈哈大笑，还不时与我分享。两人忙得不亦乐乎，我也静静地抄起手机，漫无目的地浏览，心里盘算着：下次把聚会改到手机上更合适。

　　其实，这类尴尬事情人人都会遇到。当你与人交谈时，对方的眼睛如果总是盯着手机屏幕，你的内心会很不舒服。曾问及爱看手机的人，为什么眼睛会长在手机上，答曰：工作离不开或追踪时事等，大多数人说是一种习惯。要克服现代人的"病态"，心理最重要，看手机也要有节制，知道何时该放下手机才行。

所谓 App 学习时代

自从罗胖（罗振宇）跨年演讲之后，关于 App 学习的话题，一直是我身边的友人们热议的焦点，有人认可，有人否定，言之凿凿，各抒己见。我也是 App 的热爱者，视频、音乐、翻译、字典、阅读、美图、地震速报、购物，五花八门，从这点来看，App 对我而言是生活工具，而非学习工具。

我在一家微信公众号上看到一篇文章，直接笑倒了。作者的一位朋友，全天被 App 控制着，他认为这样才能高效利用时间。早晨睁眼听"得到"60 秒罗胖教导，早餐听"喜马拉雅"30 分钟音频学习，乘地铁上班路上听"知乎 live"三个经验分享，午休在"在行"学习写作，下班路上读"得到"订阅的 5 个专栏，睡前听"直播"里的《普通人如何实现财富自由》，带着满满的充实感进入梦乡。除此之外，他还下载了英语学习 App。他的理由是：时代变化太快，怕被社会淘汰，付费 App 可帮助他随时更新知识。一言以蔽之，你付费，我给你知识，帮你选择，省时、速成。据说，如今在职场驰骋，手机里没几个付费 App，都不好意思跟人打招呼。

  我也曾经试着下载过学习软件，但很快就舍弃了。试想如果知识可以速成，何须设立大学？30分钟可以解读一本书，作者岂不太廉价？有一朋友抱怨说，付费学习比追剧还累，每天各种打卡，一开始信心满满，期待自己有变化，但一年过去了，除了皱纹多、眼袋大，其他一切都没变，倒是学会了一些时髦词，什么"跨界学习""认知升维""中矩思维"，几千元的费用，总算有所收获。

  这让我想起了李阳疯狂英语，也曾让无数人为之疯狂，在各种公共场所都能看到旁若无人、大声朗读的英语狂人，可疯狂过后就烟消云散了。

  还听说许多下载App的人都是为了追随某大咖，但我想，真正的大咖都会著书的，与其付费给运营商，还不如买他一本书阅读更踏实。

饮酒论人生

9月28日，对艺术界来说是黑色的一天，三位著名艺术家在同一天去世：相声表演艺术家张文霞、相声大师师胜杰、著名摇滚歌手臧天朔。他们中除了84岁的张文霞是年老过世，66岁的师胜杰和54岁的臧天朔，在我看来都算英年早逝，是肝癌无情地夺去了他们的生命。

据报道，师胜杰嗜酒如命，臧天朔也酷爱喝酒，他们的肝癌与长期饮酒有很大关系。再往前看，演员傅彪同样如此，才42岁就走完了一生。其实，生活中像他们一样因酗酒死亡的人很多。美国临床肿瘤学会指出：酒精是重要的致癌因素。世界卫生组织最近的一篇报道中称，2016年有300多万人因过度使用酒精死亡。

其实酒本身不是坏东西，但它是双刃剑，既能带来快乐，也可以带来灾难。聪慧的人类很早就能用粮食或水果酿造出酒精，在高兴或痛苦时饮用，能使人达到忘我的状态。不同国家的人喜欢喝不同类型的酒，这与地域、气候、人文、风俗有关。俄罗斯人喜欢喝高度的伏特加酒，浪漫的法国人则餐餐必备自己引以为傲的红酒，德国人喜欢喝啤酒，日本人喜欢喝清酒，美国人最喜欢威士忌，而中国人则爱喝白酒。

不喝酒的人把酒比作穿肠毒药，喜欢喝酒的人把酒比作琼浆玉液，全看个人爱好。常言道：无酒不成席。再美味的佳肴，没有酒相伴就没有气氛。节庆、婚礼、生日宴、朋友聚会、生意场，都需要酒做"兴奋剂"。民间还有"饺子就酒，越喝越有"的佳句。

酒可以助兴，也可以解忧。一杯酒下肚，性情尽显，北方人粗犷、豪爽，喜欢狂饮；南方人内敛、谦恭，喜欢小口抿。古人喜饮酒，诗词中不胜枚举："人生得意须尽欢，莫使金樽空对月""白日放歌须纵酒，青春作伴好还乡"，等等。还有一句"久逢知己千杯少"最有趣，似乎没有酒，世界上便少了许多知己。

饮酒能拉近人与人之间的距离，无论喝什么酒，醉翁之意不在酒。人离不开酒，人生亦离不开酒，但要适度，不可逢酒必醉，否则乐极生悲。

留得生命在，有酒慢慢喝。借用一句广告词：白酒虽好，可不要贪杯哟！

中年少女

最近，有一个超火的词——"中年少女"，乍听起来以为听错了，完全是两个年代、两个群体的人，怎么就凑成了一个词？"中年"与"少女"，一个是"人到中年百事哀"，一个是"恰同学少年，风华正茂"，这两个看似矛盾的概念，缘何会在当下融合得这么和谐？搜尽全网，总结出两大阵营。

一个阵营以"柚子多肉"的博文为代表，"中年少女"拥有少女心的同时却过着和中年人一样的生活，她们喜欢粉色、脱发、爱逛淘宝、开始养生。此为吐槽"90后"的网络语，说其虽然是少女的年龄，但日常生活习惯已经表现出"初老症状"，提早感受到了"中年危机"，不逛商店，缺乏锻炼，喝可乐加枸杞。

另一阵营对"中年少女"的解释是，指那种不想按"什么年龄做什么事"出牌的女人，随时都敢于改变自己的生活。比如日剧《东京女子图鉴》的女主角绫，四十岁，有点钱，头上戴着一个花发箍，打扮精致，保养得宜，仅看外表，一副妥妥的"中年少女"形象。

分析完，我明白一点，那就是"90后"的生活状态代表的是一种"现代社会病"，即青年群体的"泛中年化"，可能是因为他们遭受的压力远比我们想象中的多。无论是物质生活的压力（如买房），还是情感方面的困扰（如单身），抑或是升学就业的竞争，都让青年群体深感无力，疲惫不堪，把自己变成娱乐话题，是对现实生活的一种无声反抗。

反之，那些45岁以上的女人，却把自己活成了真少女。她们热爱生活，如玫瑰绽放，惊艳了岁月。比起25岁"我的人生也就这样了"的论调，她们显得更棒。如果说年轻时还不够了解自己，还没来得及设计和安排自己的人生，那么人到中年仍可重新开始。"氧气女神"有一颗少女的自信之心，健身、养颜、打扮，丝毫不懈怠，再加上练达人生、丰富阅历的思想，财务自由，亦可轻松驾驭生命的后半程，别说中年少女了，老年少女也悠然自得，游刃有余。

说到底，两者都是心态所致，心态可以使"小变老"，也可使"老变小"。永葆年轻的心态，少女的青春才不会逝去，而中年的青春才刚刚开始。

请"996"退场

最近,关于"996"工作制的讨论相当激烈。

什么是"996"工作制呢?就是每天从早上 9 点工作到晚上 9 点,每周工作 6 天。不必去做,单看这三个阿拉伯数字,就已经让人感到疲倦了。

想起了电影《摩登时代》,故事讲述了 20 世纪 30 年代美国经济大萧条时期,底层工人查理在工厂日复一日地工作,以期待那点可怜的工资。他挣扎在扭紧螺帽的流水线上。他产生了幻觉,见到任何东西都要用扳手拧一下。虽然查理一直努力奋斗,但最终还是失业了。

人的异化,极富前瞻性,即使放在今天看,依然有强烈的现实意义。大佬们说,"996 加班制度是一种幸福,巨大的福报","你年轻的时候不 996,什么时候 996"?我个人绝不赞成这种说法。

首先,有这样一句醍醐灌顶的话:"废掉一个人最隐秘的方式,是让他忙到没有时间成长。"普通人的工作,就像企业流水线上的螺丝钉，内容是重复的。每天超负荷工作的人，没有业余时间学习和提高，怎样成长呢？

其次，即使不谈马克思的剩余价值论，老板们每周72小时与员工们每周72小时的收获是不同的。虽然社会主义国家讲求人人平等，但老板与员工归根到底还是雇用和被雇用的关系。大佬们都喜欢回顾往日艰苦而又荣耀的记忆，用自身的奋斗史来感动自己，教育别人。然而创业者即老板的思想，与上班族毕竟不同。如果上班族在工作时间内没有完成工作目标，愿意自行加班，那是另外一回事。但如果加班成为一种常态，其结果只能是"过劳死"。

1886年5月1日，是美国工人争取8小时工作制的斗争日，后来被确定为国际劳动节。中华人民共和国成立后，也将这天确定为劳动节。没有想到，100多年后，有人却在鼓吹什么"996"工作制！这是历史的倒退，请"996"早早退场吧！

生命诚可贵

　　最近情绪一直很低落,这种情绪来自死亡的消息。
　　一个多月时间里,两位我熟悉的老人先后病逝。另有一位闺蜜的弟弟,年纪轻轻猝然而逝,他在生命的最后十几天,去医院了解到自己的病情后,没有告诉家人,决绝地放弃了治疗,如此可以看出他对生命的绝望。而我无比沮丧的心情,更因为我老母亲的病情,她卧床6年,顽强地与病魔抗争,努力地挽留自己的生命,但我知道,我这位戎马一生、坚强一生的老母亲,快要扛不住了,我心痛不已。
　　我虽是无神论者,却也常常羡慕基督徒,因为《圣经》说,人是被造物主创造的生命,与上帝同在,能得到永恒的生命和幸福,安息的人没有死亡,只是换了一种活法。不必去揣测其真实性,只是感觉这些话能给人以心灵的慰藉。
　　大多数人活得都比较世俗,在死亡面前无法超脱。我们没有受过死亡教育,代代相传的死亡理论,便是人死不复存在,就如父亲所讲:人死如灯灭。我不相信前世今生的关联,知道逝去的永不生还。

低落的情绪让我又重新审视生命的价值与意义。人存在于世就是一个体验生命的过程,生命有限,但看你怎样对待。我想起了台湾著名作家李敖,他在去世前,大胆地对外公布自己患了脑瘤,身体变得像一个战场,他说:"我很痛苦,好像地狱离我并不远了。"他在生命的最后时刻,仍然坚持把自己的全集写完,把自己的手稿整理好,把他的书房整理干净,留给后人。鲁豫最后一次采访他时,他仍然是红夹克、蓝墨镜,插科打诨、嬉笑怒骂的"斗士"。我佩服从容面对死亡的人,但自己未必能做到像他们一样洒脱。

生命是世界上最宝贵的财富,所有财富都可以失而复得,唯有生命不可以。古罗马诗人贺拉斯说:"每天都想象这是你最后的一天,你不盼望的明天将越显得可欢恋。"这句话告诉我们要珍惜生命,感谢生命中的每一天。

文明之旅

回国休假,最喜欢与闺蜜一起吃饭聊天,暖暖地消磨最美好的时光。前几天,与两位特别要好的闺蜜相聚,除了生活和工作,聊得最多的是旅游趣事和所见所闻。两位闺蜜是出国旅游,而我是回国旅游,话题中绕不开的是旅途中的失望,这失望来自一部分中国人。

其实,这些年关于中国游客外出旅游时的不文明行为,已经屡见不鲜,但亲眼所见,还是难以接受。闺蜜说,她去奥地利旅游,最期盼的是能在维也纳金色大厅听一场无比震撼的音乐会。可当上个月终于如愿以偿时,她却又相当失望。满场中有一半以上是中国游客,穿拖鞋、裤衩,衣着不庄重且不说,双脚踩在椅子上,如瑜伽蛤蟆功的坐姿,实在让人无法容忍。更有甚者,歪在座椅上鼾声如雷,吵扰别人,更是令人怒不可遏。其实何止在国外,我在国内旅游,也是饱受游客各种不文明行为的困扰。

令我感动的是,闺蜜说,她和同伴把这次自助游写成了完整的旅游攻略,攻略的最后附上五条文明提示,因为住的是民宿,所以最后

爱妮岛山坳里的酒店

一条提示是："退房前要把房间全部打扫干净，再留下一件送给主人的具有本国文化特色的小礼物。"这就在无声无息中，把中国的礼仪文明传递了出去，令我钦佩不已。我想到了《围城》中一句很值得玩味的话："认识一个人最好的方式就是和他（她）去旅行。"

旅游其实是各国文明之间的一种交流过程，游客就像是使者，向外传递本国的文化、教育、素养，别人可以通过你的言行举止来了解你和你的国家。中国还属于改革开放后刚刚富起来的国家，国人热衷于旅游也还不到二十年。资料显示，很多国家和地区在大规模出境游兴起的过程中，也存在类似的不文明现象，并引发了同样的讨论。因此，一切都需要时间来改变。

古语道："读万卷书，行万里路。"行路和读书一样，都是修养身心的过程。文明旅游不仅代表个人形象，也关系国家形象。为了让文明之风畅行旅途、让文明之花绽放旅程，劝君当从自我做起！

中国高考与菲律宾高考

中国高考临近，考生复习进入如火如荼的冲刺阶段。6月初的三天，是决定考生命运的时刻，所谓知识改变命运，家长和考生怎能不紧张、焦虑？

我有一个远房农村亲戚，家中女儿今年将参加高考，就读于重点中学，成绩不错，想让我帮忙选报大学志愿，专业要求很简单：毕业挣钱多，且好找工作。毕竟涉及前途命运，我只提了一些建议，没敢答应他们的求助。

作为曾经的考生，我深知高考有多难，寒窗苦读十几载，只为最后的金榜题名。

中国有1300多年科举考试的历史，考试也曾显示出了选拔人才的优越性。经过若干年的变革改进，现代高考制度建立，这主要源于两点：一是传统考试思维和价值观，二是西方现代考试制度的模式和手段。

中国恢复高考40多年，仍然是千军万马过独木桥，分分是命根，一考定终身。幸运的考生，通过险峻峭拔、悲风四旋的云梯，顺利地走进象牙塔，前程似锦。而落榜者则反之。

教育关乎孩子一生的命运，家长岂敢怠慢？学区房价位居高不下，支撑房地产行业蓬勃发展。课外补习班，给部分老师提供了知识变现的机会。一个孩子参加高考，便是一个家庭的战争，一切都要为孩子的学习让路。坊间有种说法：将来就是"阶级固化"，有钱人才能供得起孩子上大学，没钱人的孩子梦想很难变成现实。这话让人胆寒，因为这是社会的一种倒退。

来到菲律宾后，我对大学教育也做了一番了解。自1994年废除全国统考后，考生考试方式灵活宽泛，可以多选，择校、择考，整体而言就是宽进严出。高等教育十分普及，全国有3000多所大学，光马尼拉就有300多所，马尼拉招收留学生的大学有近60所。这样看来，菲律宾虽然不算是发达国家，但它的教育体制和方式，还是值得学习的。

养孩子有多难

身边的同事和朋友，从"70后"到"90后"，都在谈论生孩子养孩子的事情，人人都是糗事一堆，抱怨连连，而这些抱怨却又不无道理。两个年轻人从相识、相爱到结婚，过程中有说不尽的甜言蜜语、海誓山盟，可不知怎的，当爱情的结晶一落地，家庭气氛立刻大反转。

那一箩筐的糗事，大体相同，不外乎宝妈晚上带孩子休息不好，白天没精神，脾气烦躁；相反，宝爸的生活没什么变化，照旧去健身房、打游戏、加班、会友，回家把孩子当玩具玩玩，仅此而已。长此以往，解不开的心结导致战争不断，更有一胎妈妈"谈生色变"。

其实，这些都不能成为宝宝出生后家庭的核心矛盾。重要的是，宝妈生孩子以后，不仅身体上和生活习惯上发生了变化，产后回归职场可能还要面临种种困难。

几天前，看到作家六六的微博也在讨论这个问题。女员工应聘时不敢跟企业提怀孕的事，公司人力资源部门对女员工上岗就怀孕气愤不已。双方各执一词，都有道理。演员吴京因电影获奖，名声大噪，而他夫人的电影票房不佳，观众说不如乖乖回家相夫教子。演员姚晨在演讲时说了一句耐人寻味的话："为什么没人问我老公这个问题?"好像当下生娃仅是女性面临的问题，与宝爸无关。

这让我想起一部俄罗斯电影《莫斯科不相信眼泪》，17岁的女工被抛弃，一个人艰难地将女儿养大，自己也发愤读书，最后成为厂长。其实，很多事情让人不敢"不相信"，而且每个人都会有自己的"眼泪"。

每一个职场妈妈都在两难中选择，做一个"成功男人的妻子"难，做两个孩子的妈妈和职场女性更是难上加难。生孩子养孩子本是世间最普遍的现象，而现在这个现象变成了问题，却又似乎无解。

师与生，谁之过

近几日，"学生打老师"的新闻在社会上引起广泛热议。一名学生在初二时曾遭受老师多次谩骂、殴打，身心受到双重伤害。二十年来，这团阴影一直压在他的心头，挥之不去。某天在街上偶遇当年那位老师，他按捺不住怨气，冲上去掌掴老师，以泄心头之愤。有人说他太冲动，而我认为，昔日老师对他的侮辱和体罚，在某种程度上导致他患上了心理疾病，宣泄是其自愈的表现。

说到训诫，古时候私塾先生责罚学生，多用戒尺，责其手心。因学生右手需要握笔，禁不起敲打，故只责左手，且逢责手心不能过三。倘若学生犯错严重，才会杖其臀部，只许打疼，不许留伤口。梨园行里亦是如此，电影《霸王别姬》里段小楼和程蝶衣从小学艺，也是受到关师父的严厉训导，最后成为誉满京城的名角。上述两种训诫，先生或者师父是恨铁不成钢，他们使用教规，但内心是爱学生或徒弟的，希望其日后成为栋梁之才。

如今旧式的教育方式已经退场，被文明方式所取代，如果老师的训诫变成了无度体罚，那就完全背离了教育的本质。台湾作家三毛小学时辍学，就是因为老师的戒尺和恶语刺伤了她，导致她一生惧怕考试。孩子读书时正处于人生的懵懂、顽皮阶段，而这个阶段正需要学校及老师的培养和教育。为人师表，承担的不仅仅是传授知识的责任，更应当以身作则，身教重于言传，身正方能育人。

教师一直被尊崇为高尚的职业，被誉为辛勤的园丁、人类灵魂的工程师等。可惜现在很多老师已经忘记了自己的神圣职责，要么过度责罚学生，要么做"甩手掌柜"，除课堂教学外，其他责任全部推给家长。

校园生活会影响孩子的一生。经师易遇，人师难遭；疾学在于尊师，为学莫重于尊师。老师爱护学生，学生感恩老师，这才是我们喜闻乐见的良好师生关系。

何止中年危机

最近在网上看了一场颁奖礼——"First 青年电影展",这是国内一个专注发掘、推广青年电影人及其作品的电影节形态的服务平台,重点发掘电影人处女作及其早期作品的发展方向。这么多解释只说明一点,这是一个年轻人的派对。

然而,在一群年轻演员中间,却出现了异样的声音。先是胡歌在主持的时候,不失时机地推销自己"便宜又好用",希望在场的年轻导演们给他抛橄榄枝。紧接着,海清朗读了自己在现场即兴写的文章,后来被人们称为"宣言"。海清说:"是听完胡歌的开场白后临时起意写的,写的时候手都是抖的,也有很多的紧张、很多的顾虑。但我觉得这是一个电影人的聚会,可以表达一些想法。"她认为,中年女演员的困境由来已久,但很多人并不知道,"海清们的真正困境,在于中年人的故事被集体清空"。她呼吁导演们要给中年女演员机会,由此引发业内外广泛热议,热度大有超过影展本身之势。

其实,何止是影视行业,每个行业都存在这种"中年危机"。

只是不同行业的黄金期不同而已，比如运动员在20岁以内，互联网行业在25岁左右，外企公司职员在35岁左右，政府职员在40岁左右，老中医的黄金期要在50岁以后，而作家的黄金期可以长达一生。然而无论你曾经怎样风光过、辉煌过，总有所谓"过气"的那一天，总有仕途发展遇到瓶颈的时刻。

然而，真正的牛人没有中年危机，对于强者来说，中年危机这个命题根本不成立。赵昂老师在《在人生拐角处》一书中说，机会需要等待，等的时候要练能力；机会也是创造的，练能力的时候，机会就来了。

职场转移和重新规划、自我推销等并不简单，要有勇气，要有胆识，还要有内心深处的修炼。打铁还要自身硬，对于强者来说，中年危机只是一个伪命题而已。

触及往事的老照片

有人说，开始回忆过去，开始翻看老照片的时候，就表明你已经开始慢慢变老。常把"还记得"挂在嘴边，听到老歌会莫名地感动，见到旧友格外亲切……据说都是变老的表象。

每一次回国探亲，都要捧着老相册翻看个不停，虽然照片已经泛黄，但照片里的色彩记忆却总是那么鲜明。一张照片，一个故事，承载着岁月的印迹。相信每个家庭都有几本这样沉甸甸的老相册，那是一部家史，那些黑白照片经过造型各异的相角装帧，变得鲜活起来。

我看到几十年前父亲刚参军时，穿着左胸前印有"中国人民解放军"字样的老式军装小照片，那是他为了寄回家里专门拍摄的，也看到他穿着授衔军装探亲，与爷爷一家拍的第一张全家福；我看到母亲上军校时穿上新军装的留影，看到她出国参战与战友们在战场上的纪念照；还有父母结婚照、我们姐妹从出生到长大的照片、父母与我们姐妹在各个时间段的全家福。那时的拍照水平虽然不高，但每拍摄一张照片都要认真准备，带着一种兴奋和幸福，端端正正，一丝不苟。

现在寂然凝望，不褪色的老照片恍如隔世，照片里的面孔，已经变老，或已成故人。青春不再，岁月蹉跎，往事苍老，令人怅然。而我依然喜欢，爱不释手，常常翻看，透过黑白灰触摸依稀记得的往事。

随着时代的变迁，科技的进步，如今拍照已是信手拈来，不再有获得一帧照片的珍贵感。现在的照片不是镶嵌在相册里，而是存放在手机、电脑或者移动硬盘里，随时可以调出来看，拍得不如意还可以用软件修饰，直到满意为止。然而，看着这些完美的照片，总觉得缺少点什么，雅致？品位？厚重？现在拍的照片来得容易，去得也容易，不知是否会像老照片那样永久保存下来。

年轮记载着一棵树的成长，照片记录着一个人的一生。每一张照片都是时代的缩影，让人可以在现实与记忆中自由穿越。

假如生活欺骗了你

我有一朋友又去旅行了,这次的目的地是西藏。从朋友圈看,她永远在旅行的路上。这位已过60岁的女性,一生坎坷,家庭、事业都不如意,但她的脸上总是带着昂扬、乐观的笑容,她是我朋友圈的一束阳光。

或许你十年寒窗奋力苦读,高考却未能拿到好成绩;或许你付出许多真诚的爱,却未能获得一份真挚的爱情;或许你呕心沥血地工作,却未能在仕途上得到期待中的收获……沮丧的结果会让人压抑,让人想大喊:这是为什么?

如常人一样,我偶尔也会思考同样的问题。

这让我想起了俄国诗人普希金的回答——假如生活欺骗了你,不要悲伤,不要心急!忧郁的日子里需要镇静,相信吧,快乐的日子将会来临。心儿永远向往着未来,现在却常是忧郁。一切都是瞬息,一切都将会过去。而那过去了的,就会成为亲切的怀恋。

现实告诫我们,生活对谁都一样,不管美丑、善恶,它都会

让你的人生有日出，有日中，有日暮；它既会给你磨难，也会让你辉煌！所谓欺骗，也是铸就成功的基石。人生经历告诉我们，越过艰难困苦之后，再回首那段往事，那些阴暗，那些不幸，那些磨难，一切的一切，都会变得美好起来。

假如情感欺骗了你，不要惆怅，不要迷茫，学会排解，整好行囊，为自己披上快乐的衣裳，继续去收获爱情的食粮！

假如现实背叛了你，不要沉沦，不要彷徨，更不要失望，重拾自信，相信那只是黎明前的黑暗，光明就在前方！

假如事业欺骗了你，不要懦弱，必须坚强，踏踏实实做好每一项工作，厚积薄发是飞向顶端的翅膀！

谁不祈福万事如意，心想事成？而那只是美好的心愿而已。生活总在有意无意间欺骗、捉弄我们，让我们措手不及，痛苦不堪。无论生活对我们是索取、欺骗，还是给予、厚待，我相信：一切都会过去，并将成为亲切的怀恋！

人生旅程

消沉的情绪似乎才开始慢慢回转、释怀。我知道不可以给生命盲点,一直以来也是这样做的,但当守在病榻旁,眼见生命垂危的老母亲在死亡线上挣扎,内心是极度痛苦的,好像随时准备跟随这个赐予我生命的人同去,尽管知道自己还没有与死神握手的资格,因为我的生命才走了半程。

生命是一场盛大的旅行。与其说生命旅程,不如说人生旅程。人生,从出生到死亡,这短暂而又漫长的过程,要亲历无数的艰难痛苦、惶恐无助、喜悦快乐、疾病灾害,等等,有自身的,也有外来的。

人生旅程不可错过每一站,童年、少年、青年、壮年、晚年,为人子、为人夫(妻)、为人父(母),还有在社会中的位置。只有走完所有站点,看过美或不美的风景之后,才有权利完结这场旅程。

最近读了很多关于生命的书,感悟尤为深刻。生命,原本就是一场无处可逃的旅行。在生命的旅程中,心才是它的领航者。

只有心中怀揣梦想，生命才会熠熠生辉，旅途才会光彩夺目。人都是活一场，为什么不尽力闪光呢？我们所要寻求的，就是心之所向、无愧于心的生活。

每个人都在路上，只是有人选择放弃，有人乐于坚持，当然他们所到达的生命之地也全然不同。放弃的人永远原地踏步，坚持的人越走越远，看遍世间风景。我喜欢毕淑敏的一段话："生命本是宇宙中的一瓣微薄的睡莲，终有偃旗息鼓闭合的那一天。在这之前，我一定要抓紧时间，去看看这四野无序的大地，去会一会英辈们留下的伟绩和废墟。"这是至高境界的人生旅行。

在准备出版自己的第二本书时，突然发现这个人生驿站的意义不完全属于自己，它也应该属于所有帮助和关心我的人，是他们让我尽快揪起散落一地的破碎心思，投入进去，记下每个音符，留下身边所有掠影。写作，是一个人的朝圣。心有圣地，远方亦是坦途。

赞美和鼓励是两把金钥匙

20世纪70年代以前出生的人,接受的家庭教育方式大多是"胡萝卜加大棒子",家长的理论是:严教成才,棍棒底下出孝子。那个时代的孩子在学校得到表扬不容易,"收获批评"倒是家常便饭,这样一来,孩子便早早自立,内心坚强。他们心里的烙印是,被骂、被批评是为自己好,能使自己进步得更快。

20世纪80年代出生的人,面临的情况就有了很大变化,这代独生子女是被捧着长大的,家长不失时机、不分场合地为孩子遮风挡雨,尽量为孩子铺平成长道路。这代人的特点是自尊心超强、敏感、注重个人思想。

其实,这两者都存在弊端,也可以说都是不同社会发展所呈现出的不同结果。进入开放式社会,人与人之间的关系发生了巨变,思维形式、行为方式也发生了转变,除了必要的礼貌,人们更注重尊重,不管是父子之间、上下级之间、师生之间、同事之间,还是朋友之间,甚至夫妻之间,都需要互相尊重。

生活需要鼓励。鼓励有很多种:赞美式鼓励、激将式鼓励、慰勉式鼓励，等等。一句真诚的赞美，能鼓励一个在逆境中行走的人，有勇气继续走下去。同样，一句尖刻的批评，也会使一个正在努力的人心灰意冷，陷入绝望。无论是谁，都有自己某些值得称赞的优点。美国外交家富兰克林遵循并倡导的处事原则是：不说别人的坏话，只说大家的好处。这句话听起来简单，但日常做起来并不容易。

不吝惜赞美和鼓励别人，也是一种成熟之美。其目的是帮助别人发现自身的价值，获得一种成就感，它不同于虚伪的讨好、献媚、奉承。真诚的赞美可以调动一个人的积极性，激发一个人的潜能，让他们做得更好。一句"你很棒""没关系，再努力"都可能是帮助他人打开心结、闯过难关的金钥匙。

每个人都期望能得到别人的肯定，一个人受到夸奖，会感到十分愉悦，也会努力保持这份"荣誉"。

致敬时代精神，凝聚时代力量

8月25日晚，我在网络平台观看了一场感人至深的大型晚会"我爱你中国——优秀电视剧百日展播活动"启动仪式。从当天开始，将有86部优秀电视剧在央视、省级卫视、主要视频网站集中播放，以飨广大观众，致敬中华人民共和国70华诞！

展播剧聚焦中华民族从站起来、富起来到强起来的伟大奋斗历程，讴歌祖国、讴歌人民、讴歌英雄、讴歌时代。这些精品之作，必将传递出守正创新的社会正能量。

这是中国电视剧的一次集体检阅，电视人齐聚一堂，饱含深情地分享自己塑造角色的体会和心情。其中，既有伟大的革命先驱扮演者，也有默默无闻、无私奉献的普通英雄扮演者，他们的表白震撼人心。

跟随方志敏的扮演者朗诵的《可爱的中国》，仿佛又一次听到了先烈的声音，他的预言如今已成为现实："我相信，到那时，到处都是活跃的创造，到处都是日新月异的进步，欢歌将代替了悲叹，笑脸将代替了哭脸，富裕将代替了贫穷，康健将代替了疾病,智慧将代替了愚昧,友爱将代替了仇恨,生之快乐将代替了死之忧伤,明媚的花园将代替了暗淡的荒地!这时,我们民族就可以无愧色地立在人类的面前,而生育我们的母亲,也会最美丽地装饰起来,与世界上各位母亲平等地携手了。"

电视剧的创作者们深入生活,扎根人民,把优秀的作品回报给人民,善莫大焉。《老酒馆》的编剧高满堂说得好:"生活是我创作的源泉,观众是我创作的伙伴,我们在戏剧里相逢,我们一起感怀人生。"演员陈宝国用戏里的台词道出了他的心声:"人活这一辈子,人味酒味,不就图个味嘛。可是这味啊,不但要浓,这味还得正。"

新时代的文艺工作者用心去感悟时代巨变中的新景象、新气象,为大众创作出了更多味正的好作品。他们初心不改,培根铸魂,精益求精,追求卓越。让我们期待,让我们为他们喝彩!

致我们终将逝去的岁月

小的时候,盼过生日,盼过节,盼寒暑假,因为那都是快乐的时光,有礼物,有美食,可以不受束缚地尽情玩耍,内心轻松,不背负任何包袱,也不懂什么是责任。时光在这些快乐的盼望中慢慢流逝,我们在还不懂幸福的时候,享受着幸福。那是少年不知愁滋味!

时光易逝,人易老。在时光中,在不断地为家庭和事业奋斗以获取成功的幸福和快乐中,蓦然回首,时光已经冲刷着岁月,带走细水长流的日子,留下的是暮年。

常常想起儿时的伙伴,一起走在上学、放学的路上,一起跳格子、跳皮筋、扔沙包、扔羊拐,三天好一天吵,却总也吵不散。还想起高考结束,一个班的同学终于扔下那些讨厌的书本和试卷,骑上自行车跑到很远的地方撒欢,庆祝"胜利大逃亡"。不知未来怎样,只想偷得浮生半日闲,轻狂地大声朗诵自己即兴而作的蹩脚诗:"我想如水人生,应像大海碧青。我知那高翔俊鸟,莫过于鲲鹏。我要在有幸之时,记下青春容颜。看着微笑照片,不管瞬间永恒。"

曾经的我们,激情满怀,浑身干劲,脚步急促而又铿锵,把自己变成工作的机器。我们为了家庭、孩子、事业、亲情、友情、爱情,付出了自己的全部。我们很累,日子很苦,却无比充实和快慰。

都说脚比路长,无论走到岁月的哪一个节点,都任凭自己的脚把路走下去。

没有什么比时间跑得快,它裹挟着你走到岁月的尽头。

都说不惑之年的浪漫,只有慢(漫),没有浪,不疾不徐,信马由缰,看花开花落、云卷云舒。

有一种情怀,叫怀旧。它珍藏在岁月的每个角落,如珍珠洒落。我们可以翻动青春的青涩,也可以缅怀中年的纠结,还可以阅读曾经的过往。也许年少时我们不知道什么是珍惜,但那正是年轻的资本。

人生永远不会下课,我们还要扬帆再起航。

致我们终将逝去的岁月,无怨亦无悔!

常驻采风

不离不弃与你随行

"身在海外,心系祖国。"这句话早已在我们心里扎下了根。

已经记不清在驻外使馆度过多少个春节了,这次又在中国驻菲律宾大使馆迎来了春节。

我先生是一名中国外交官,工作性质决定了他要几年换一个国家常驻,而我这个夫人也要随他四处漂泊。

在很多人的眼里,外交官是神圣的令人羡慕的职业,甚至有人说这是一份可以去全世界公费旅游的职业。其实大多数人并不了解,这份职业光鲜亮丽的背后,还有许多不为人知的酸苦。

不说别的,就说外交官夫人,她们要舍弃国内的事业,陪丈夫在国外工作。如果在和平安宁的国家还好,如果在贫困、疾病肆虐的艰苦地区,或者政局不安定的国家,那她们基本就没有什么外出的自由,生活区域只限于使馆的办公区和家属区。耐得住寂寞,学会"自己玩"是她们的基本功。

然而,外交官夫人绝非全职太太,使馆组织的各项活动,夫人们要义不容辞地参加。

中国驻菲律宾大使馆义卖摊位

一年一度的驻菲律宾使团国际义卖,是外交界的一次重大活动,我有幸参加了2016年的义卖活动。令我感动的是,中国元素的义卖品特别受欢迎,活动还没结束,就已经被一抢而空,义卖收入全部捐赠给当地贫困家庭。第一次参加这样的活动,我感觉特别有意义,特别令人难忘。

在使馆生活,除了要学会"自己玩",还要学会带领大家"一起玩"。由于我学过舞蹈,使馆领导便委派我每周六上午带领女士们一块健身、练瑜伽、学舞蹈。大家学得专心,我也教得用心,单调的生活因此多姿多彩起来。

除此之外,使馆的各种大型对外活动,我们也要盛装登场,一展外交官夫人的风采，比如国庆招待会、春节招待会等。今年在使馆举办的春节招待会上，我带领姐妹们表演了舞蹈《再唱山歌给党听》，受到了到场嘉宾的一致好评！

随任多年，我的体会是，嫁给中国外交官，就等于嫁给了中国外交。从他选择做外交人那天起，父母、妻子和孩子，整个家庭都跟随他献给他为之奋斗的外交事业。

祖国是个大家，我们是个小家。外交官肩负着维护国家主权、安全的重任，作为家属，我们必须不离不弃地随行！

欢歌曼舞庆节日

按照中国的习俗，过完正月十五，年就结束了，一切步入正轨，大家都投入到新一年的忙碌中去。

今年大使馆为喜迎新春，赶排了两个舞蹈。说起来这两个舞蹈比较有趣，一柔一刚，一个是具有中国民族特色的《茉莉花》，另一个是强劲有力的尊巴（Zumba）串串烧舞。两个风格迥异的舞蹈，让女外交官和外交官夫人们在排练时费了不少劲。终于，在大家的不懈努力下，两个舞蹈都获得了巨大成功。《茉莉花》在使馆和侨团的迎新春晚会上，得到了来宾们的高度评价。尊巴串串烧舞，在使馆内部联欢会上，作为压轴节目，劲爆的效果把整个晚会推向高潮。演员们开怀大笑，这是我们每天挥汗如雨的成果！

尽管小时候学过舞蹈，但我已经很多年没有这样酣畅淋漓地甩开舞步，陶醉地投入到排练中了。一方面，因为我想把使馆节目演好；另一方面，我发现自己来到菲律宾后，对律动的舞蹈总有一股冲动。菲律宾人受西班牙和美国文化的影响，能歌善舞。

音乐和舞蹈，是没有国界的世界语言。菲律宾的歌舞，就是对外展示自己的语言之一，我刚到菲律宾就感受到了。

在餐馆里，晚餐开始前，员工们会站在过道上，随着音乐跳一曲开场舞，也会把《祝你生日快乐》跳得欢快、动感十足。在下班路上，常能看到菲律宾人围在一起跳上一段舞蹈，以庆祝一天工作的结束。到了周末，大街小巷更是歌声不断。不需要排练，他们的细胞里本来就充盈着音乐和舞蹈，这是他们与生俱来的本领。我在旅游时，喜欢看乡间舞蹈，姑娘、小伙穿着民族服装，载歌载舞。有一次，我甚至也忍不住加入到了跳竹竿舞的行列。

我们中国人通常喜欢在节日里表演节目。其实，快乐在平时，我们要像菲律宾人一样，把每一天都当作节日。节日需要仪式感，日常生活更需要仪式感，这会让你神清气爽，不是吗？

日子

日历被一页一页地撕去，突然发现今年的日历竟被撕到了最后几天。光阴似流水，一去不复返，一年又一年，终有岁末这一天，拾起被撕去的日子，看走过的路和经过的人与事，岁月不负好时光。

有的人想把日子过成诗，那得有诗的意境；有的人想把日子过成画，那得有画的美景；也有的人想把日子过得轰轰烈烈，那得有能企及的惊鸿。而我想过的日子，是不虚妄，实实在在地去品味生活。工作之余，旅游、逛街、与书相伴……当然最陶醉的还是写作，创作一篇篇小说、散文、诗歌，把储存在脑袋里的故事敲进电脑里，享受与四四方方的文字共舞的过程，徜徉在创作中的另一个世界。

这一年，首次开辟个人专栏，兢兢业业，努力笔耕。一年来，果实颇丰，发表各类文章97篇，近9万字。据说美国现实主义高产作家杰克·伦敦，每天写500个字，我目前的创作量虽不及他的一半，但以他为目标，总会有进步的。

拉根酒店一瞥

这一年，金秋时节，与来自世界各国、一直鞭策我坚持写作的"文心社"文友们会师，见到了从少年时代到青年时代一直都崇拜的作家们。千岛之国的相聚，酣畅淋漓的畅谈，难以忘怀的瞬间，永远注入记忆里。

这一年，与身边如家人般的同事一起工作和生活，虽远离家乡，却不曾感到日子过得寂寞。菲律宾，温暖的国度，绿荫环绕，生机勃勃，海浪、沙滩、椰树，令人陶醉，无论减压还是发呆，总能找到梦入佳境的好去处。这个风光旖旎、人情淳朴的国家，有我听不完的故事，写不完的篇章。

日子也会有意想不到的波澜，但只要学会淡然处之，如孔子所说,"以德报德,以直报怨",生活便不会乱了方寸。突然想起三毛的一段话:"我不多说无谓的闲言,这使我觉得清畅。我当心地去爱别人,因为比较不会泛滥。我爱哭的时候便哭,想笑的时候便笑,只要这一切出于自然。我不求深刻,只求简单。"

日子,缓缓如夏日流水般前进,不必苛求,不必功利。天下本无事,用心去享受。它不是我们内心的皱纹,只是历经沧桑之后一种静好的感受。

过往的日子,是生命的记载。岁月不老,唯风格永存!

义卖奉爱心

这是我第三次参加菲律宾外交官国际义卖活动。

时光如梭,外交官大型国际慈善义卖又拉开了帷幕,各国的精彩义卖活动争相上演。今年的活动于 11 月 25 日,在菲律宾国际会议中心(PICC)举办。中国驻菲大使馆的外交官及夫人们,以饱满的热情,投入到活动之中。

每年秋季,世界各国的大使馆,都会参加常驻国外交慈善国际义卖大型活动,收获的善款全部捐助给当地的贫困和弱势群体。这样的活动通常由外交部长夫人或外交官夫人协会倡议发起。

菲律宾国际义卖活动,于 1966 年由当时的外交部长纳西索拉莫斯的妻子安吉拉·巴尔德斯·拉莫斯女士发起。从那时起,该活动成为外交部女士们与外交领事团合作的年度活动。

今年菲律宾国际 BAZAAR 基金会,联合各国驻菲大使馆共同举办义卖活动,共有 36 个使馆、4 个总领馆、2 个国际机构,以及 49 家菲律宾企业参加。各国大使馆也是使出了全部解数,拿出本国最经典的特产，如意大利的彩色玻璃饰品、瑞士的巧克力、法国的葡萄酒、德国的肉肠、新西兰的绵羊油、澳大利亚的牛奶、南非的乌木雕刻等，五花八门。

我国大使馆今年设立了 6 个展位，规模宏大。参加义卖的外交官和外交官夫人们，一大早就进入会场布置展位。中国国旗高高悬挂，十分抢眼。具有中国文化元素的中国结、花伞、折扇、围巾、水墨图案的包包、工艺品、毛绒玩具等齐聚登场，今年还增加了国货小米电器。特色口味零食备受喜爱，展位前人头攒动，络绎不绝，大家争相购买，使得今年的义卖销售业绩再创新高。

参加国际义卖活动，也是利用义卖这个慈善公益平台展示中国文化的重头戏，各国友人都赞叹中华文化的博大精深。有人用不太标准的汉语说"你好"，有人主动要求和使馆的工作人员合影，还有小朋友对中国玩具爱不释手。

中国展台前的人越聚越多，他们的购买热情越来越高涨，购买场面热烈到几近"失控"。使馆工作人员不知疲倦地介绍、卖货、收钱，一丝不苟地做好每个细节，全然忘记了早起的疲劳，忘记了喝水吃饭，忘记了站得腰酸背痛，甚至也顾不上照看来探班的老人和孩子。看着沉甸甸的收银包，想到这些带着中国温情的善款可以穿越语言的障碍和文化的差异，帮助那些需要帮助的异国朋友，使馆的外交官和外交官夫人们由衷地说："今天所有的辛苦和付出都是值得的。"

最美中式礼服

今年 11 月，在西班牙进行国事访问的习近平主席夫妇，身着中式礼服，包括国务委员王毅在内的所有中方官员也都身着"中山服"（指中式礼服），这次国宴引起了媒体的高度关注。

其实，中国领导人穿中式礼服亮相已经不是第一次了，每次都引起全世界的广泛关注。此次习近平主席所穿的中式礼服，形似中山装，又不同于传统的中山装，对中山装的关键部位进行了改良，既保留了中式服装的传统，又采纳了西服的某些元素。这款中式服装，放弃了中山装的翻领、风纪扣、明扣，采用三个暗兜，上身只有左胸兜，无兜盖，饰帕巾（这是我国领导人首次使用口袋巾）。而夫人彭丽媛的礼服，格外醒目，依然采用"中西合璧"元素，深白色相间对比，显得身材修长，气质高雅，更加光彩照人。

各国官员出席国事活动，对于如何坚守自己的文化，同时又与当代文化相交融，都有自己的考虑。比如印度官员，在国际场合，基本都不穿西装，而是穿自己的传统民族服装；朝鲜官员也不穿西装，穿改良后的民族礼服；日本官员除了穿国服，也穿燕尾服。外交场合怎么穿，是大事。一般来说，外交场合应穿套装，到了国宴、国家级庆典这样的场合，男士最好穿大礼服或者民族服装，女士则应该穿严肃的礼服，特别是像西班牙这样的欧洲君主制国家，非常讲究这些礼仪。

中国文化博大精深，华夏文明源远流长，服装制式不断变化，五十六个民族的服装各有独到之美，很难用一种款式诠释中国的民族服装。作为国服的礼服，在保持原有服装的基础上，可以不断增减中西方元素，比如，具有代表性的旗袍，除了保持中国元素，还可以对领口和袖口进行精心设计，加以改良，使旗袍既时髦流行，又端庄大气。

中式礼服不像日本和服、朝鲜韩服、菲律宾巴隆的款式那样一成不变，中式礼服可以千变万化，而不失中国传统。中式礼服撷取经典元素，结合现代服装的简洁便利，既易于穿着，又低调郑重。中式礼服亮相世界，绝对是展示中华文化底蕴的一张靓丽名片。

来菲两年有感

两年前的6月9日凌晨，我踏上菲律宾这块神奇的土地，当晚在菲律宾文化中心观看了中菲建交41周年暨中菲友谊日第15年《一带一路菲中情》大型庆祝演出，节目精彩、震撼，即使在国内也难以欣赏到。

来菲之前，我对这个国家了解甚少，听到的负面消息居多，完全是抱着一种到艰苦地区工作的心态出发。不承想，到菲律宾的第一天，就颠覆了我的观念，我也是第一次听到这样一段话："中菲一衣带水，隔海相望，中菲友谊源远流长。苏禄王访问中国、郑和下西洋，成为两国相互往来、友好交流的佳话。古代'海上丝绸之路'搭起了中菲经贸、人员和文化交流的桥梁。菲律宾是'海上丝绸之路'沿线的重要国家，我们愿将菲律宾作为'一带一路'合作的优先伙伴……"这段话说古论今，精辟之至，令我充满了对菲律宾进行深入了解的好奇心。

从中菲交往的历史，到华裔在菲律宾的打拼史，以及当今两国的友好关系，我发现自己越来越喜欢上了这个国家。这个有着

华侨的海外故乡——中国城

几百年被殖民历史的国家,虽然贫富两极分化严重,但社会的文明程度和人民的文化素养普遍较高。

菲律宾的华人是一个特殊群体,相信世界上没有哪个国家的华人能与他们相比。早期移民的华人,娶菲律宾人为妻,落地生子,与菲律宾人一道为国家独立而战,抗击侵略者的入侵,参与国家经济建设。他们说自己既是华裔菲人,也是菲裔华人。他们深爱着中国,为祖国捐资,资助在菲的华裔孩子学中文、回中国寻根,更为两国的友好邦交积极努力。

这是一个山清水秀、一派祥和的国度,人们悠然生活,勤劳而质朴。在当地旅游,所到之处无不受到热情周到的服务。我最欣喜的是，微笑永远挂在菲律宾人的脸上，他们的礼貌永远与行动并存，那不是敷衍，而是从心底升起的真诚。

两年过去了，我在这里见证了两国关系的转圜及更加深入的友好，两年的经历超越了若干年前对它不甚全面的了解。又到建交纪念日，再看今年的庆祝晚会主题——繁花盛开菲中情，其寓意可想而知，愿中菲友谊之花更加夺目、芬芳！

"脱傻期"之说

几天不刷微信，就会忽然冒出一些新词，最近"脱傻期"一词格外夺人眼球。何为"脱傻期"呢？就是指驻外工作人员和留学生，回国后行为举止透着傻气，需要适应一个阶段，据说3至6个月不等，也就是"脱傻气"阶段。真佩服大众的造词水平，恰当、到位。

以前出国叫洋气，20世纪70年代支援非洲建设，回国后，邻居们羡慕极了，带回来的伊拉克蜜枣也是稀罕物，还能去友谊商店用外汇券购买一台黑白电视机或其他电器，这都是很轰动的事。到了20世纪80年代，出国热席卷全国，能出国的人很牛。记得正在美国留学的演员陈冲，应邀参加1985年央视春晚，拜年时说了句类似"你们中国人"这样的话，被观众在报纸上狠批了一顿。无论她是否有意，听起来她仿佛是游离于中国百姓之外的高层面的人物。人就是这么奇怪，明明内心崇洋，却又不愿接受从国外回来的人凌驾于自己之上。

记得直到20世纪90年代末，我们回国还都要先过"脱洋期"。那时互联网不是特别发达,国内外还有差距,你要是处处保持在外国时的习惯,或被羡慕,或被鄙视。

时光荏苒,改革开放后的中国,三五年就会发生巨大的变化,已然走进世界强国之列。世事变迁,如今回国不再是"脱洋",而是"脱傻",国内的文化环境、城市建设、生活节奏、消费方式,都需要尽快适应并跟上。前不久,网上热议的新"四大发明",还有大数据、特色小镇、环境治理等,一系列新生事物正改变着人们的思维和行为方式,如果你不能快速了解,就会变成从国外回来的"刘姥姥"。

游走于世界各地的外交人员,见证了祖国是如何一步一步赶上并超过世界先进国家的。每一次任期结束回国,都会被日新月异的变化所震撼。所谓的"回国综合症",除了短暂的陌生感,更多的是为祖国的日益强盛感到惊喜和感动。

微笑和礼貌是一种习惯

2月4日,是农历的大年三十,儿子一家半夜从北京飞抵马尼拉。先生因为工作忙不能随我一同去机场接机,我一个人在一号航站楼等候。按照中国的习俗,大年三十必定与家人团聚,海外游子这时已经早早归巢。午夜时分,宽敞的机场大厅空空荡荡,更难见到中国人的面孔。

由于室内空调温度很低,我想等到最后一刻再进去,门口的保安微笑着送上凳子,笑呵呵地请我坐。待我坐下,他便继续他的工作。过了一会儿,他突然用英语说:"新年快乐!"我很意外,他补充道:"我知道今天是中国的新年。"我激动万分,没想到进入猪年,第一个向我问候的人居然是菲律宾的保安小哥。之后,我一直坐在他的工作台旁边,观察他对旅客的态度。一如对我一样,他对任何人都耐心回答,服务周到,虽是午夜,但看不出有一点倦怠。

走进接机大厅后,由于飞机晚点,我只能在出口通道附近守着。路过的保安和警察每次看到我,都会主动打招呼,甚至有两位执勤警察知道我是中国人后,用生硬的中国话说:"新年快乐!恭喜发财!"我一边笑,一边纠正他们的发音,一边感谢他们的祝福。在一片欢声笑语中,我忘记了等待的焦急,也是人生中第一次这样辞旧岁迎新年。

在菲律宾工作两年多,我已经习惯了菲律宾人的礼貌,无论走到哪里,都会受到微笑礼遇。无论去什么地方,旅游、购物或在餐厅吃饭,擦肩而过的路人、服务人员,总是微笑以对,向你问好,帮你引路、开门、按电梯、拎东西。去年,一群文友来菲律宾参加笔会,感触颇深。一位德籍华人女作家在文章中说:"在菲律宾被人情美给宠坏了,回到上海,看到地面服务人员冷漠的表情,从心里羡慕那些居住在菲律宾的朋友。"

我曾经问菲律宾人,是否接受过服务质量方面的培训,他们觉得我的问题很奇怪,因为生活在菲律宾,微笑和礼貌早已成了一种习惯。

我和春天有个约会

2018年的冬天似乎比往年更冷，尤其是年底那些天，人们都有扛不住的感觉。

朋友圈都在晒冬雪，江南的雪，川蜀的雪，那些挂在绿叶上的雪极美，与北方的银装素裹相比，白中带绿，别有一番韵味。

对于冷和雪，我并不陌生，出生在北方，对于抗严寒战积雪，自有一套天生过硬的本领。北方的冬天不仅冷，而且漫长。在走出北方之前，总是不懂李白那句"烟花三月下扬州"，北方三月，冰封未尽，枯枝摇曳，人影瑟缩，哪里来的柳絮如烟、繁花似锦呢？

清明过后，北方的春天终于步履蹒跚地走来，一来便是那么迅速，那么猛烈，"忽如一夜春风来"，春天的大门瞬间大开。阳光温暖，鸟儿鸣叫，冰雪融化，大地滋润，泥土松软，小草如茵，柳枝吐绿，一派初春万物复苏、生机勃勃的景象。褪去笨重的棉衣，蜷曲一冬的身躯忽觉轻如羽毛。哦，我太爱北方的春天了，那是历尽严冬后的思念和等待，是北方生灵与春天的约会，令人好不珍惜。

　　如今，我在椰岛之国菲律宾，美丽的热带千岛之国，四季如春。沙滩、海水、岛礁在世界排名前十位，但在我眼里是第一。住在岛上的酒店里，犹如住在与世隔绝的天堂。除了贪恋大海，我还贪恋菲律宾的水果。菲律宾被誉为"太平洋上的果盘"。生活在果汁丰盈的国家，怎能不滋润无比？这里还有可爱的菲律宾人民，民风淳朴，说它是微笑之国一点也不过分。

　　生命和时间是在一起的，我的时间和生命随着我做外交官的先生的节奏走，生活在其中，苦乐在其中，密不可分。人们为什么喜欢春天？一年之计在于春，春代表着未来的开启。我想，只要热爱生活，热爱生命，无所谓困难，无所谓季节。我与春，永远在心里相约，因为它给予我新的希望。

唐人街的故事

我每去一个国家，总要先去逛当地的唐人街，它是华侨华人在异国求生存、谋发展的脚印，是历史文化发展的见证。

由于强盛的唐代对海外影响巨大，宋代之后，"唐"就成了海外诸国对中国的代称，与中国有关的物事均被称为"唐"，中国人被称为"唐人"，聚居地便被称为"唐人街"，而华侨则将祖国称为"唐山"。

世界各国的唐人街，由于居住者来自中国的不同地域，其文化特点也有所不同。美国最大的唐人街在旧金山，于1850年前后出现，以广东人居多，当时移民像"猪崽"似的被运往加州修铁路或淘金，被当地政府视为"次等公民"，并被规定居住在特定的地方。在异国他乡，他们团结互助，休戚与共。起初，他们开设方便华工的茶馆、饭铺、豆腐坊、洗衣店等，逐渐形成了华工生活区。那里商业繁华，配套齐全，演变成了"小中国"，即使不会讲英语，生活也无一点障碍。

其他国家的唐人街，发展过程也大致如此。

繁华的王彬街区

马尼拉的唐人街叫"王彬街",也称"中国城",始建于1582年,是全世界最古老的唐人街。唐宋时期,闽南一带商人就与吕宋有大帆船贸易。那时菲律宾是蛮荒之地,华人来此基本上是贩卖商品,然后回国。由于"压冬"的华人越来越多,形成了聚集点。西班牙殖民统治菲律宾时期,驱赶华人到马尼拉北岸居住,华人区被叫作"八连"(西班牙语:市场),王彬家族也在其中。王彬祖籍福建,是中菲混血儿,商人,华人领袖,坚定的革命支持者。他用个人物资支持革命党人推翻西班牙的殖民统治,独立建国。1912年王彬去世,1915年菲律宾政府将Sacristia街易名为"王彬街",以示纪念。

在唐人街,有中餐馆和中国特产店铺,随处可以听到华人用闽南话交谈,也可以吃到精美地道的闽南小吃,这里的华人始终保持着闽南习俗。在王彬街的中央广场上,矗立着一座王彬全身铜像,这是旅菲华人的光荣标志。

门前的"风采"是陋习

我们家住在一幢公寓楼里。前两天收到一封物业来信,内容是关于公共区域管理的通知:"禁止住户在门前摆放鞋子、自行车、门垫、桌椅和其他障碍物,如发现,第一次罚款 500 菲币,第二次罚款 1000 菲币,第三次罚款 5000 菲币。"看到这个通知,我一点也不感到意外。

三年前,我们搬进来时,看到最多的是洋人和韩国人,偶尔能听到韩国夫妻吵架,其他时候楼里基本太平。后来有穆斯林搬进来,早晚听他们念古兰经,虽然声音很大,但全世界都尊重宗教自由,我们也只能伴着祈祷声度日。再后来,楼里有了中国人的面孔,情况开始发生变化。一楼电梯处突然多出一个扔垃圾弹烟灰的箱子,可箱子周围的地面上经常是乱扔的纸屑、果皮和烟头。很快墙上便贴出醒目的中文"禁止乱扔垃圾",不言而喻,这是中国住户的行为。又过了几天,那个垃圾箱和中文告示都不见了,看来广而告之根本没用。

可以想象,如果住户不违规到一定程度,物业是不会发出这封管理通知的。

对中国人来说，在自家门前摆放东西，不是什么稀奇事。凡住过筒子楼的人都有深刻的印象：一条长长的走廊，两侧摆满了各家的东西，那分明就是多出了一间屋子和一个厨房。各家占据有利地形，箱子、柜子、洗脸盆架、做饭的炉灶，无所不有，做饭时锅碗瓢盆交响乐响彻整个筒子楼，那个年代就是那个条件，谁也免不了俗。

后来，生活条件好了，虽然搬进了单元楼，卧室、厨房、厕所都在家里，再也不用去外面抢占地盘，但是自家门口那块空地可不能闲着，放个腌菜缸、鞋架、自行车还是应该的。这已经成为约定俗成的习惯，就像老上海人从自家窗户伸出晾衣服的竹竿，那叫"制空权"，连天上都是属于自己的。

可要我说，随着时代的变化，无论国内还是国外，都在倡导提高城市品质。功德在于心，文明重于行，摈弃陋习，努力做一个受世界欢迎的人。

国粹中医马尼拉义诊记

  这些日子，在菲律宾华人社区，掀起了"中医热"。这股热潮源于 8 月份那场轰动马尼拉侨界的中医专家义诊活动。仅三天的义诊已经过去多日，所荡起的波澜至今尚未平息，许多华人都在不断询问下一次的义诊时间。

  这次义诊活动是由菲华各界联合会邀请，国内"中医影响世界论坛"组成专家访问团，意在为马尼拉侨胞献爱心，更为宣传中国传统中医学，推动中医文化在当地的发展。

  我在得到消息的第一时间赶去了义诊地点。第一天，正好赶上台风"乔丽娜"过境吕宋岛，马尼拉风雨交加，我以为不会有太多人，可一走出电梯，眼前的景象完全出乎我的意料。人们争相领取挂号票，逾百人在大厅等候，八个临时诊台分两组面对面排开，中医专家们忙着望闻问切，仔细问询和诊察后，认真地开具中药处方，并给予治疗建议和康复指导。

  我的目标是针灸，治疗已疼痛半年的肩周炎。我找到两位针灸医师，见他们忙忙碌碌，当场施针，多数立见效果，令人大开眼界。我选择了一位专门用针灸治疗各种炎症的医师，心想左肩膀疼，他一定会直接治疗那里。奇怪的是，他却在我的右小腿上推进一根银针，我立时感到整条右腿发麻，随着他不断捻针，麻的感觉逐渐变成酸胀。正当我有些忍耐不住时，那位医师说："抬一下你的左臂试一试。"奇迹就在这时出现了，将近半年只能平抬的左臂，居然可以直举起来，而且肩周也没有明显疼痛。接着，他又在我的左肩关节处扎了两针，又是一阵酸胀感，可是左臂这时真的可以举到头顶。我忍不住惊叫起来，太不可思议了，就像是在变魔术。一旁候诊的人见证了整个治疗过程，兴奋地鼓起掌来。医师这时并不得意，而是嘱咐我，至少连续针灸三天才可以保持治疗效果。好吧，看来这三天都要来此报到了。

另一位针灸医师那里也是"生意兴隆"，只见她一会儿问诊把脉，一会儿把病人按在床上针灸。这位医师除了用针灸治疗外，还采用拔火罐的治疗方法。许多华人喜欢这种古老的方法，一位刚刚拔完火罐的患者对我说："你看皮肤上这些紫黑色的地方，寒气都是从这里拔出去的，现在身体轻松多了。"

放眼望去，大厅内问诊的人只增不减，专家们一个接一个地看诊，诊台从未虚空过。

在信息社会，人人都是自媒体。第二天义诊，已经出现了限号的情况。据说早上还没开门，外面已经排起了长长的队伍，七百个看诊号一次性发完。眼看两位针灸医师那里被围得水泄不通，我尝试几次没有成功，便不再往前挤。还是把时间留给最需要治疗的那些侨胞吧，我等晚些时候再去针灸。可惜，我的如意算盘打错了，直到晚上六点结束，人潮仍然没有退去，专家们却已经疲惫不堪。见此状况，我岂敢再去麻烦针灸医师呢。

义诊第三天，也就是最后一天，我早早出发，想抢个"头彩"，没想到还是来晚了。侨胞们的热情比我更高涨，许多人早上五点钟就守在这里。等我到达时，大厅内早已人满为患，举步维艰，想要走到为我治疗的医师诊台比登山还难。我思量今天的针灸计划又将落空了。

起大早赶晚集，内心不免有一丝失望。不过既然来了，不妨观观景。

身边小到牵着家长手的十来岁的小朋友，大到被人搀扶或用轮椅推来的老者，还有手上拿着各种医院检查结果的华人华侨，他们静静地伫立在专家诊台前，眼中满含着希望，希望从中医诊疗中得到满意的结果。

这时，一位很健谈的老人跟大家说，他第一天独自前来问诊，第二天把老伴带来看病，今天携全家专程来找医生解决每个人的健康问题。他说这话的时候满脸激动，好像很满意自己做了一个正确的决定。还有一位长期患慢性病的中年男侨胞说，他住在马尼拉北部，那里只有西医，今天坐四个小时的车赶来，希望求个中医的方子配合治疗，作为中国人，还是更相信中医的效果。

我站在两排义诊台中间，看着专家们认真地给每一位侨胞问诊、解答，而每一位侨胞，不论年龄大小，在离开时对专家们都是恭恭敬敬地感谢了又感谢，场面一时间让我的眼睛有些湿润。诊台上摆放着专家的姓名和主治科室，我都一一记下了。在国内，这些中医专家也是一号难求，诊室门前永远排着长长的候诊队伍，从早到晚不得休息，没想到来马尼拉做义诊，求诊人数竟然一点不亚于国内。有专家说，已经在国外生活了几代的华人，对中国的传统中医还如此信赖和依赖，让他们感动不已。

一位82岁的老华侨，看完病后对薛珂主任说了一句话，令他动容。老华侨说："我离开祖国70年了，你把脉跟小时候在老家给我看病的中医大夫是一样的。"

专门治疗皮肤病的专家很感慨地对我说："不来不知道，没想到这里的皮肤病患者这么多，皮肤病种类也多。日光性皮炎、湿疹和晒斑是常见病，这些病单靠西药无法根治，需要中药内服和外洗，长时间调理才可治愈。菲律宾的华人这么需要和信赖中医，这是我这次来义诊最大的收获。"

无论是专家还是问诊的侨胞，他们的话都深深地触动着我。

义诊三天，治疗两千多人，每天结束义诊的时间都一延再延；挂号只能限号，又不得不加号，一加再加，专家们不忍心让守候一天的侨胞们空手而归。

菲律宾是一个热带国家，各种常见病、慢性病较多，风湿、关节炎、皮肤病最为普遍，糖尿病和癌症也占一定数量。目前，马尼拉没有一家真正的中医医院，如果想看中医，必须回国，所以他们特别珍惜在菲律宾看中医吃中药的机会。

中医堪称中国的国粹，海内外的中国人都热爱和信赖它。就好像自己家乡的美食无法被其他任何食物替代一样，这是中华民族的传统文化，已经渗透到了中国人的骨髓里，融化在了他们的血液中，难以改变。

"中医热"持续升温，侨胞们为医生的医德和精湛的医术点赞，期待这样高水平的义诊团再来马尼拉。而我与他们一样，期盼我的肩膀经过中医的治疗，早日康复。

"文化中国"是海外华人心中的品牌

"文化中国"慰问海外华侨、华人节目不断在世界各国的华人社区上演。原以为只有在春节才可以看到这样高品质的演出，不曾想，竟然在菲律宾大饱了眼福。

国庆和中秋双节，海内外所有的中国人都倍加重视。为庆祝中华人民共和国成立68周年，由中国国务院侨办、中国驻菲大使馆、菲华各界联合会携手主办的"文化中国"国庆慰侨文艺晚会，于25日晚在菲律宾文化中心隆重上演。

半个月前，我在报纸上就看到了晚会的宣传消息，翘首以待这个日子的到来。节目晚上八点开演，我提前两小时到达，没想到大厅里早已挤满了等待的观众。华人领票队伍从二楼蜿蜒排到三楼，与此同时，在"文化中国"巨幅演出海报前，合影留念的观众也是层层叠叠。

有一群华裔脸庞的孩子，或者拍照，或者整齐地坐在那里，安静地等待入场。受好奇心驱使，我走上前去询问，原来他们是北黎刹育红中学的学生。一位身穿红色旗袍的带队老师介绍说，

与先生罗刚参加国庆70周年使馆招待会

她是援教的中文部主任,带着学生们来观看演出,一方面是让孩子们享受"文化中国"参演艺术家们的精湛表演,另一方面是让华校学生真切地感受一下中华文化的氛围。

在大厅里,我还接触到一对从国内来菲律宾探望孩子的父母,他们感慨地说:"观看国侨办的国庆中秋慰侨演出,一年不落,感觉已经是一个不可缺少的仪式。"旁边的观众频频点头,表示赞同,一席话也道出了他们的心声。

演出开始,热闹的中国民族舞《盛世喜庆》拉开了晚会的帷幕,十几个活泼可爱的孩子手持折扇,挥动红色彩绸起舞,与大朵红牡丹的背景交相辉映,舞台上下一片欢庆祥和。

接下来的节目,既有年轻人喜爱的中国时尚新歌手的演唱,也有中国传统乐器唢呐的演奏。魔术表演最吸引人,曾获得过国际魔术大赛金奖的魔术大师父子,用各种魔幻手法表演的《梦》,引得观众们连声叫好,台上台下的互动,使晚会掀起一次次小高潮。

给我印象最深的应该是来自内蒙古大草原的马头琴演奏家乌云塔娜,她的呼麦演唱真真令人叫绝,这是我第一次在现场近距离地聆听这种演唱。主持人介绍说,呼麦是蒙古族一种古老、神奇的演唱方法,又称喉音唱法、双声唱法、多声唱法,无须伴奏,歌手纯粹用自己的发声器官,在同一时间里唱出两个声部。以往都是男生演唱,这次却是女生演唱,难度相当大。一曲欣赏完,在场的观众无不为这位民族艺术家的功力所折服!

节目精彩纷呈,晚会高潮迭起,杂技《羽翼之梦》又揪住了全场观众的心。小伙子单手倒立在几米高的杆子上,做着各种高难度的旋转、身体平行、双叉腿等动作，还不时突然从半空中下降高度，观众屏住呼吸，发出一声声惊叹。这就是杂技艺术的魅力，它始终控制你的情绪，让你在享受节目的同时，又为表演者捏一把汗。

优美的藏族舞《戴天头》是菲律宾华星艺术团表演的大型舞蹈，姑娘们这次能与"文化中国"参演艺术家们同台演出，感到特别荣幸和激动，她们认真排练，卖力表演。色彩鲜艳的藏族服装在雪山和布达拉宫的背景衬托下，构成美丽的雪域高原画面，整场晚会到这里完美落幕。

观众起立，掌声经久不息。他们感谢所有演员的辛苦与付出，更是表达对祖国艺术的尊敬和喜爱。他们迟迟不肯离去，舍不得这温馨和谐的氛围。

"中天皓月明世界，遍地笙歌乐团圆。""文化中国"这台精彩的演出，不仅是对菲律宾华人精神的慰藉，在中秋节来临之际更有特殊的意义。

端午论粽

在国外住久了,对国内的各种风俗、节日的感觉会慢慢变淡,吃应景的节日食品也只是走过场,似完成任务般,如此敷衍主要还是因为买不到正宗地道的家乡美味,只好凑合。嘴上凑合,心里却不甘。在办公室里,来自五湖四海的同事们闲来喜欢聚在一块"画饼充饥"。适逢端午在即,粽子又成为热门话题,大家纷纷讲述各地的端午风俗,来个精神大会餐。

菲律宾华人中以福建闽南人居多,如果在中国城里买粽子这类具有代表性的中国食品,吃到的必定是厦门、泉州等地的口味。同事中有几位是闽南人,美滋滋地占了优势,说起闽南的粽子和小吃,喋喋不休,让人口水直流。

其实,福建地区对做端午粽子都非常讲究,各有秘方,各有特色,但泉州的烧肉粽是最具特色的闽南小吃,特点就在于一个"烧"字,也就是非要趁热吃不可。烧肉粽里包尽天下美味,比如板栗、红烧肉、虾干、香菇、鲍鱼、干贝、花生、莲子、卤蛋,等等。包肉粽用的糯米,是事先炒过的。包好的粽子要等水煮沸时才下锅，煮好后拨开粽衣，香气扑鼻，粽子色泽红黄闪亮，味道香甜，油而不腻。难怪邓丽君演唱的《卖肉粽》，明明是说卖粽生意艰难，却让听者好生惦念那肉粽的香味。

闽南方言称粽为"涨"，似乎又包含了经济层面的意思，可见经济无处不在。除了烧肉粽，其他多种粽子也因味道特殊而驰名，如碱水粽、牛角粽、素粽等，吃的时候还可以蘸沙茶酱、甜辣酱或者秘制蒜酱等，美味可口。闽南人已经把粽子发扬光大到了极致。

粽子的发源地是湖南、湖北一带，古称"角黍"，传说是为了祭投江的屈原而发明的。据查，真正有文字记载的粽子见于晋周处的《风土记》；而流传有序，历史最悠久的粽子则是西安的蜂蜜凉粽子，载于唐韦巨源的《食谱》。其特点是只用糯米，无馅，煮熟后晾凉，吃时用丝线勒成薄片，浇以蜂蜜与桂花酱。

关于粽子，湖南人说他们的最正宗，因为屈原在湖南境内的汨罗江自尽；湖北人则说屈原老家是秭归，他自然是湖北人了。那么两湖的端午粽子有什么不同呢？湖北人喜欢吃传统口味的白糯米清水粽，蒸熟以后蘸白糖吃。带馅粽子有豆沙等素馅，也有鲜肉、蛋黄之类的荤馅。用莲藕、莲米、菱角入馅的荷塘粽，最具楚乡风情。湖南汨罗粽子完全是另一种用心，他们心思并不放在馅料上，而是对粽叶有非常高的要求。汨罗人认为粽子好吃与否，与粽叶有很大关系。采粽叶也有讲究，粽叶要宽且长，带着一股青草的鲜香味，这种鲜香味在煮过之后更加明显。采摘粽叶要在清晨或者雨后，选择较嫩的大片，采回来的叶子趁着新鲜用清水稍洗后就包粽子。汨罗的烧肉粽，糯米必选上乘，猪肉择三层块头，先卤得又香又烂，再加上香菇、虾米、莲子及卤肉汤、白糖等，吃时蘸调蒜泥、芥辣、红辣酱、萝卜酸等多样作料，香甜嫩滑。两湖的粽子看似做法不同，其实有异曲同工之妙，自古就有"两湖熟天下足"之说。粽叶也好，糯米也罢，一水灌溉，不分彼此，岂有上下？无论你去湖南还是湖北，都能吃到他们引以为傲的最正宗的粽子。

而靠近两湖的四川籍同事却并不这样认为，他说清淡的粽子不够刺激，重口味的川粽吃着才叫过瘾。巴蜀人喜欢吃麻辣粽，像毛肚火锅一样辛香火辣。辣粽是四川独有的粽子品种，通常以糯米、红豆为主料，加入盐、麻椒粉、花椒粉和少许腊肉或腊肠，用粽叶包裹后煮制而成。同事有些激动地说："咸香之余更劲道的是麻香，吃起来别有一番风味，能辣到人心里，任何粽子都不可与之媲美。"可话是这么说，我想大多数人还是很难接受川粽的重口味，毕竟大家对粽子一贯的定义是以糯米香为主的淡口味食物。

这还不算奇特的，要说更能凸显地方特色的粽子，还得算山西的晋粽，食材和颜色居然都发生了变化。黄米是山西有名的经济作物，因具有黏性，代替糯米被用来制作粽子。黄米粽被称为晋中、晋北的特色食品，也与红枣、豆沙等搭配，质朴的粟米芳香是其"主旋律"。同事说："感觉小时候自家包的黄米粽子最香，后来家里不做了，加上黄米粽比较小众，也只能去吃买来的糯米粽了。"我们平时确实很少能吃到黄米粽，有机会去山西一定要体验一下那黏黄晋粽的味道。

江浙同事谈到他们家乡的粽子，说浙江粽子除白糯米外，还

包入猪后腿精选肉，或者金华火腿。粽子煮熟后，肥肉的油渗入米内，入口鲜美，肥而不腻。江苏以苏州粽最具特色，用金丝枣的枣泥做芯子，放入糯米内，吃食散发着红枣甜甜的馨香。金丝枣煮熟后，去皮去核捣成泥，再加入成倍的砂糖和适量的油脂制成馅，裹扎时馅里再夹一块肥肉。粽子煮熟后晶亮剔透，滑润清香，透着江南古城甜美柔嫩的味道，酥酥油油的枣泥让人难以忘怀。

要说最没有创意的，是东北粽子。我从小在东北长大，自认为有一定的发言权。东北粽子完全是效仿南方的做法，但"东施效颦"，除了本地的糯米劲道好吃，弹牙爽口外，包进去的馅不外乎是大红枣、红豆、绿豆之类。煮好后，蘸料永远是白糖，口味单一，毫无创意。比起可以包出108种馅的东北饺子，东北粽子的口味只有寥寥几种。一场围绕端午粽子的大讨论，东北粽只能甘拜下风。

东北人也有东北人的好奇和不屑，好好的粽子为什么要做成肉的、咸的呢？粽子应该属于主食，放了肉或咸蛋黄的咸粽算主食还是算副食，算饭还是算菜呢，东北人百思不得其解。想吃肉，不如炖上一锅，吃个满嘴流油，那才叫解馋、过瘾，不饭不菜的，口味怪异，让人无法接受。甜粽爽还是咸粽香？关于粽子的"甜咸南北之争"，似乎永远也不会有一个结论。南方人偏爱咸肉粽，而北方人喜好甜粽，这与当地的生活习惯有很大关系。北方产枣多，所以粽子的馅料多以大枣为主；南方好腌制，人们爱腌制咸货腊肉，因此粽子里偏爱放咸肉。"十里不同风，百里不同俗"，中国地大物博，各地文化从深层来说，具有共性，都属中华文化，但具体到小传统，又各有不同，比如闽南文化和中原文化就千差万别。在制作工艺上，南方粽子颇为精湛，像碱水粽，糯米煮熟后变成浅黄色或深棕色，吃后口齿留香；又如"双烹"粽，一个粽子里既有甜豆沙，又有咸蛋黄、南乳肉，两种馅料和在一起又不搅匀，一口咬下去咸甜双拼，饶有趣味。除了传统口味，近两年还有不少奇特馅料的粽子"横空出世"，连西方口味都被纳入进来。我就在网上见过榴梿粽、芝士粽、香椿粽等，够"奇葩"的粽子，光看名字就觉得是异类。

中国饮食素来有"南甜北咸，东辣西酸"之分，粽子口味却颠覆成了"北甜南咸"。不过甜咸都是家乡味，舌尖粽香总是情，甜咸之争其实是对家乡的认同感，对家乡味道、风俗习惯的怀念。吃传统节日食品时，往往就会从味觉和记忆里回到故乡，小小一颗粽子里，也有一番童年的回忆。而对粽子的口味之争，既是一代又一代人对传统节日的认知、对传统文化的传播过程，也是风俗习惯传承的缩影。

翻阅"菲华历史博物馆"这本书

假如刚来到菲律宾时就去参观"菲华历史博物馆",我想绝对不会有现在这份深刻的感触,这种感触有震撼,有心酸,更有敬佩!

菲华历史博物馆——菲律宾华裔历史博物馆(Bahay Tsinoy),是全世界第一个由华人出资,民间团体创办的博物馆。它坐落在马尼拉著名的中世纪西班牙古城区一条不太宽阔的街道里,邻近有欧洲风格的雄伟教堂。据说,选址在此,是因为不远处就是西班牙殖民统治时期华人遭受大屠杀的"八连"遗址。

当我迈入古城区,发现自己踏进了一条历史的长河。

如果说整个博物馆是一本有章节的可视书,那么就请你跟随我一起翻开这本厚重的书吧。

走进博物馆,最先映入眼帘的是一块醒目的横幅板,上面写着:"见证华人在菲律宾的传奇,从寓居者到华裔菲人,这是他们的故事,也是我们的故事。"我想,其中的含义既是描述创办者们的初衷,又是对华侨、华人在菲律宾生活历史的概述。

博物馆按照时间顺序分为多个主题展区和展室：早期的接触，华人社会的形成，十九世纪生活图，抗日战士，有华裔血统的社会名人，华裔菲人与国家建设。

第一展室的玻璃屏幕是关于"早期的接触"的介绍。在这里看到最多的是文字介绍、图片和文物。中菲之间的交流在麦哲伦到达菲律宾之前已经发展了几个世纪之久，整个群岛，由北到南广泛存在着易货贸易。

中菲关系始于何时，历史记载不一，考古学家认为中菲最早接触始于新石器时代初期，因为两国的文化模式惊人地相似。其中最著名的是耕种梯田的方法，种植大米和芋头，饲养猪和鸡，使用石头建造房屋，用矛打猎等。但两国文化及贸易关系的正式建立，却始于公元928年，当时有一艘菲律宾船满载土产抵泊广东，说明那时中菲贸易关系已经很密切了。

中国商人坐帆船乘北风南来，携带中国丝绸、瓷器、农具和装饰品来交换热带土产龟甲、海参、鱼翅、燕窝和珍珠等，数日后又乘南风返国，这就是中菲历史上最著名的"大帆船贸易"。后来，菲律宾商业繁盛，许多华商就居留下来，以披荆斩棘、筚路蓝缕的精神在海外开辟新天地。

走过大帆船模型，旁边是一个拱形门，门的另一侧是一个微缩模型场景，仔细看原来是一个残忍的屠杀场面，许多带着盔帽的人手举长刀和棍棒在砍杀和毒打百姓。微缩模型侧面立着一块介绍牌子："八连"是西班牙殖民时期集中和限制华人的地区。在西班牙殖民统治时期，华人支撑起了整个殖民地的经济，在满足西班牙人需要的同时，也令他们恐惧，于是受到长时间的迫害、骚扰，甚至大屠杀。华人被迫与其他族群分割居住在"八连"，进而形成了自己的社会体系，这便是"华人社会的形成"，同时也开启了早期华人移民的血泪史。

由于西班牙人的迫害和不信任，到了十九世纪末期，华人的生活变得更加艰难。他们为了自我保护而组织起来，建立了自己的学校、医院、银行、工厂、墓地和商会。华人可以在自己的小世界里生存，而且这个小世界日趋成熟。

接下来是一个石拱门，门前有一座吊桥，木桥被两条粗大的铁链拴着。这座桥的用意是，一旦木桥被吊起，石门关闭，里外分割，完全是两个世界。

早期抵菲华侨小商贩蜡像

走进石拱门,就走进了当时的华人小世界,豁然有一种穿越感,似乎回到了中国的明清时代,华人"十九世纪的生活图景"展现在我们眼前。早期漂洋过海的华侨,与其他国家的华侨一样,多为文盲,迫于生计,或充当苦力,或以"三刀"(菜刀、剃头刀和剪刀)"两小"(小商、小贩)等闯天下。整个图景采用树脂做塑像,人物逼真。那剃头担子旁,手持剃刀的中年男人抿着嘴唇,神情专注;正在缝衣物的裁缝师傅深深弯腰,认真剪裁衣料……每一尊塑像的面部表情和身体动作都栩栩如生,能让人直观感受到菲律宾华人在异国他乡打拼的艰辛。

在这里,还可以看到手持扁担、箩筐的挑担人,制造饰品的手艺人,木匠,补鞋匠,食摊,布料摊,还有"菜籽店",即小杂货铺等。它们真实地再现了当年的历史情境,真切地倾诉了华侨、华人的奋斗历史和生活现状。

另一情景再现是"石屋"建筑,展示了当时典型的华人混血儿的住宅,体现了华人文化与当地文化的融合。早期"下南洋"闯世界的华侨多为福建泉州一带的单身男青年,他们与当地菲律宾女人结婚,生下菲华混血儿。一代又一代,华人血统逐渐融入了菲律宾民族的血液之中,成为多民族融合的菲律宾人主要的血脉来源之一。石屋的首层通常是小商店、工具间,二层则是全家人休息和生活的区域。在室内陈设中,随处可见中华文化风格,其厨房用具和食品名称大多出自闽南语,至今仍然如此。

看到这里,我不禁想起博物馆入口处的横幅上有这样一句话:"从寓居者到华裔菲人"。注意,是"华裔菲人",看完影像介绍后,我便明白了这句话的意义,这是华人对于自己"菲律宾人"的身份认同感。

小影厅门旁立着一块竖牌,一首诗写道:

我是菲律宾人,
我继承着
我的华人祖先的遗产,
有着我的祖先
高尚的精神,
我为菲律宾,
我的国家服务……

我蓦然明白了"华人博物馆"的设立之意:华人作为少数族裔,向菲律宾人说明,他们对于菲律宾的重要性,并表达自身融入主流社会的意愿。

视线转向另一展室,那是我完全不熟悉的领域。但见图片、雕塑和饰物非同一般,圣母玛利亚头戴金色佛冠,闪着金光,脚踩檐牙高啄的寺庙屋顶或站在一大朵莲花垛上;佛龛上镶有钉在十字架上的耶稣。如观音一般被塑了金身的圣母雕像,其装束让人大为意外,读懂介绍后方知其缘由。菲律宾被西班牙殖民统治三百多年,受影响最大的是教育和信仰。他们强迫当地居民信奉天主教,设立各种分会传播天主教,并渗透到文化教育事业中,这成为西班牙殖民统治的支柱。迄今为止,高达85%以上的菲律宾人仍然是虔诚的天主教徒。

菲律宾早期的华人主要来自福建闽南,闽南人信奉佛教,他们把佛教也带到了菲律宾。菲华混血儿演化出的混合宗教信仰，是天主教和佛教相结合的独特产物。在家里，他们在圣母的神像前烧香点蜡烛，圣母成了观音的替代物。在巴丹半岛的巴朗牙市，耶稣被当作保王善士来崇拜。

宗教的混合在宗教仪式中更加显著。在马尼拉市的岷伦洛区，华人天主教徒以游街和放鞭炮来庆祝圣母罗莎里的圣诞。与观音同面貌的圣母神像，被敬奉在教堂。在东岸省，圣母被华人作为妈祖来崇拜。

信仰与文化能把人划分成不同的族和类，也同样能改变和打乱这一层关系，使他们成为新的组合。由此也才引出博物馆导语里开篇的一句话：华裔菲人，是菲人的华人，共同的命运。

在菲律宾生活的每一个领域，在菲律宾历史发展的每一个阶段，在其文化和传统、语言和歌曲中，在一切菲律宾的东西中，都跳动着华人的脉搏。

被菲律宾人称为国父的何塞·黎刹，一幅家谱树，清晰地标明他的身体里流淌着华人的血液；菲律宾第一任女总统阿基诺的华姓为许；中国老一辈革命军事家叶飞，于1914年出生在菲律宾奎松省，父亲是华人，母亲是菲律宾人。对于叶飞将军，是这样介绍的："叶飞是菲律宾对中国的一项贡献，就像我们许多有华人血统的民族英雄是中国对菲律宾的贡献那样。"

回望历史可见，菲华人民曾联手反抗西班牙的殖民统治，又一同推翻了美国的殖民统治，最终取得了国家独立。菲律宾在第二次世界大战时期被日本侵占，华侨组织抗日武装同菲律宾游击队并肩战斗，不少华侨壮烈牺牲，可歌可泣。

在菲律宾发展的任何阶段，华裔菲人无不彰显他们的力量。最后的展室，奏响了更加精彩的乐章。一幅幅人物图片，上演着他们对菲律宾国家经济社会做出的巨大贡献。他们历经艰辛，跻身于各行各业，成为工商企业老板、教授、医生和律师等。他们的作为与成就，丰富了菲律宾的历史，也深刻地影响着菲律宾当今的社会生活。

从展示的照片和实物可以看到，菲律宾华人热衷于公益福利事业，热情有效地协助政府解决各种社会问题。他们创立"三宝"，即捐建农村校舍、成立华人志愿消防队、组织义诊服务，以"菲华三宝"回馈主流社会，又以此积极融入主流社会。华人取之于社会，用之于社会，用爱心反馈社会的美德，博得了当地民众的支持和信任。他们荣辱与共，血肉相连，使华族血脉根深叶茂，在菲律宾永续生存与发展。

一座华人历史博物馆，承载了菲律宾华人的历史与骄傲，见证了菲律宾华人奋斗的辛酸史。读完这本华人用血泪、拼搏和顽强不屈的奋斗精神撰写的巨作，你是否与我同感，华夏儿女是值得敬佩、敬仰，值得高歌赞颂的呢？

在本文结尾，我要用博物馆导游册上的一段话总结，因为它真实地道出了所有菲律宾华人的心声："我们的血统虽是华人，但我们的根深扎在菲律宾的土地中，我们和菲国人民紧紧相连。为了菲律宾——我们的国，我们的家——我们贡献了辛勤的劳动和宝贵的生命，我们可以骄傲地说：'我们不是旁观者，我们是菲律宾这块土地上的光荣子民！'"

菲律宾国服之美

来菲律宾之前,我从没认真研究过这个国家的文化和风土人情,唯一记得的是前总统马科斯夫人那奇特的裙子。那是一件圆领短袖连衣裙,两侧高高翘起的袖笼,紧束的腰身,美人鱼尾般的拖地裙摆,给我留下了深刻印象。

后来才知道,那美丽的裙子是菲律宾的国服,它有一个很好听的名字——"特尔诺"(Terno)。

以前,"特尔诺"不是任何人、任何时候都可以穿的,是家室居高的女性在国事或者大型隆重庆典上穿的。裙子的颜色除了白色,还有其他颜色,色彩明艳夺目,造型结合了欧洲国家特别是西班牙的女装设计,又经过菲律宾三四百年的服饰变革,形成了如今这种端庄大气,具有独特民族特点的国服。由于它两袖挺直,两边高出肩矗立,宛如蝴蝶展翅,所以它还有另外一个灵动的名字——"蝴蝶服"。曾经的第一夫人,穿着"蝴蝶服"出国访问,让菲律宾国服名扬海外。

如果说"蝴蝶服"像中国早年间的华美旗袍,那菲律宾还有另外两款女国服。我在菲律宾民族商店看到一款 Baro't Saya，不知中文怎么叫，就是长裙之上加一件华贵的披肩，披肩上绣着各种花和蝴蝶，图案别致，温婉大气，女人味十足。还有一款是两件套裙，设计不同，其他与 Baro't Saya 相近。当地人说，这两款国服通常也是正式场合才穿。

菲律宾男女国服的叫法不同，男子的国服叫"巴隆他加禄"（BarongTagalog）衬衣，以白色为主，通常是半开衫，前领口直到下襟两侧绣有抽丝镂空图案，花纹各异，颇为大方。关于男子国服的演变有很多传说，到了20世纪50年代初，这种服装才被正式推选为菲律宾男子的国服，成为外交场合、庆祝活动和宴会的正式礼服。

无论男女国服，最让我感兴趣的是它们的制作面料，硬硬的，透明的，似纱窗，又如当下时髦的透视衣。穿白色国服时，里面必须穿衬里线衣，否则有种"皇帝的新装"的感觉。为搞清楚面料的由来，我在参观"菲律宾国家博物馆"时，特意在国服制作厅观察了很久，专门请讲解员介绍了一番。

原来，国服面料是由植物制作而成的，确切地说，是由菠萝、香蕉纤维制成的，其中菠萝纤维最贵。抽丝工艺相当复杂，大概有七道工序，就是从香蕉、菠萝叶子中抽丝，然后再漂洗加工，最后才纺成丝线，再手工织成丝料。这种充满智慧的原生态制作工艺，让我瞠目结舌，佩服不已。

既然一件上好的"特尔诺""巴隆他加禄"要经过这么复杂的流程才能做出来，那价格自然不菲，其地位必然非一般服装可比。

与马尼拉大酒店迎宾合影

2015年亚太经济合作会议（APEC）在马尼拉召开，菲律宾作为东道主，让参会的各国领导人都穿上了菲律宾的国服。穿国服亮相是APEC峰会的传统，这也让"巴隆他加禄"有机会在国际舞台亮相。

平时，菲律宾的男士们大都爱穿白色的国服，只是面料不很考究，如亚麻类的，而在重要场合，他们会穿质地上乘的标准国服。女士们平时也不穿蝴蝶袖连衣裙，只有在特殊场合才穿。

菲律宾的马尼拉大酒店，是专门接待各国高层首脑的地方，整个酒店充满了浓郁的民族气氛。有一次去马尼拉大酒店参加活动时，我立刻被眼前的美女帅哥迷倒了。大厅的女服务员全部身穿艳丽的"特尔诺"，配上南海珍珠项链；男服务员则身着白色"巴隆他加禄"，十分醒目养眼。我忍不住抢先与他们合影，记录下了这耀眼的美丽。

鬼月话风俗

进入中国的农历七月,菲律宾的华人社区突然显得格外安静,没有宴席,没有庆典,没有嫁娶,没有商家开业。每次问起闽南朋友,他们都会对我说:"因为是鬼月呀!"

农历七月是鬼月,在国内早有所知,但知道归知道,日常的生活并未曾有此月与彼月的变化。倒是这次常驻菲律宾,才知道自己孤陋寡闻。

在菲律宾生活的华人,多数祖籍泉州、厦门,包括晋江的闽南人,他们虽然已经几代移居海外,但是却一直保持着闽南的风俗习惯及生活方式。

对于闽南人来说,整个农历七月都要安安静静地生活,不可大动干戈,家里的长辈也总会不断地嘱咐各种禁忌。

那么,到底有怎样奇异的事情会发生在七月呢?农历七月俗称祭鬼月,闽南民俗祭事繁多。据传说,阎罗王下令每年农历七月初一开放鬼门关,阴魂在地藏王菩萨的监管之下,于阳间游荡,享用祭品,到七月的最后一天收关,出游的阴魂必须如期归位。因此，为迎合开放鬼门关事宜，闽南民俗创设了诸多祭事。

其中，"鬼月四天，祭拜风俗"是非常重要的。

鬼月的第一天，即七月初一，是私宅"开地门"的日子，需要祭拜。这天鬼门关开，诸鬼来到凡间，犹如休年假。第一天的祭拜形式有大祭和小祭两种。大祭是做一桌丰盛的菜，小祭是简单摆放点水果点心。不管什么形式，就是表达敬意，而非敬畏。

鬼月的第二天，即七月初二，是公共场所"开地门"的日子。商号、衙门等祭拜会比私宅晚一天。祭拜的目的就是让本月平安度过，别出任何意外事件。

鬼月的第十五天，即七月十五日，这一天最重要，是中元节，即鬼节。民间普遍进行祭祀鬼魂的活动。凡有新丧的人家要上新坟，而且一般也都要祭孤魂野鬼。因此，它是以祭鬼为中心的节日，是中国民间最大、最普遍的祭祀节日之一，亦是鬼门大开的日子。据说，这时候鬼魂大聚会，阴气最盛，所以当晚最好不要上街。同样的道理，第二天，即七月十六日，公共场所祭祀。

鬼月的最后一天，即七月二十九日，叫作"关地门"。这一天是众鬼结束假期，重新回到地狱的日子。人间要善始善终，祭祀直到末尾一天，求得今年剩下的日子平平安安。

看着一天天的祭祀内容，不禁让人毛骨悚然，好像我们与阴间鬼魂近在咫尺，时时相伴。其实，这只不过是民间流传下来的一些民俗说法而已。闽南人祖祖辈辈沿袭这样的风俗，其衍生自然有当时的大背景。随着时代的变迁，祭祀内容减少，形式也在不断简化，但风俗还在延续，因为这是闽南人精神生活和文化生活的一部分。

在所有的祭祀日中，七月十五中元节是最重要的日子。不仅在福建闽南，整个中原大地都把这一天作为祭祀的重要日子，在路旁多烧些冥纸，以广结冥福，祭拜故人。

中元节也叫"盂兰盆节"。说法最多的是，中元节归属道教，盂兰盆节归属佛教，这一天的活动内容丰富多彩，闽南人的"普度"礼达到高潮。"普度"是福建闽南沿海地区（包括金门）的一种民俗文化现象，是糅合了中元节和盂兰盆节而形成的民俗节日，各家各户都会在家里设宴普度众生。普度由"七月半"发展而来，佛道合一，过"七月半"的习俗流行于整个汉文化地区，时间不限于一天，犹如清明前后上坟都算过清明节一样，七月十五前后，祭祖宴客都是过"七月半"。其他地区过"七月半"，一般延续三五天，而闽南地区的普度，则延续一个月。

这是一个隆重的日子，许多侨居东南亚国家的闽南裔人都会赶回祖国老家，参加"普度日"。在泉州，农历七月将至，家家户户都会挂起彩色纸扎的"普度灯"，灯笼上写着"敬点路灯""一心诚敬"等字样，据说从初一一直长明到三十才熄，谓之"普度灯"。

"吃普度"是闽南地区特有的风俗。每家轮换做普度，祭祀"普度公"，献祭之后，在家中设宴，宴请从村外来的亲戚。人们常常吃了这家又赶到那家去吃，辗转多个宴席。有人说，请很多客人是为了显示自己的富足。也有人说是怕普度公吃完祭不走，叫来很多人壮胆，可以吓走普度公。不管怎么说，年年岁岁家家都延续这个习俗，大开流水席。宴宾客不拘城乡，热闹地"吃普度"成为泉州地区普度全过程的一个高峰。宴席通常要摆五十道菜，包括大鱼大肉和各类上等菜。还有些人家甚至请戏班、舞狮班来演戏酬神。还有的有钱人到寺院做法事，超度亲人的亡灵，之后再大宴宾客。

吃完普度宴已是晚上，接下来男女老少都要到有水的地方放河灯和纸船。河灯也叫"荷花灯",一般是在底座上放灯盏或蜡烛,中元夜放在江河湖海之中,任其漂流。放河灯的目的,是普度水中的落水鬼和其他孤魂野鬼。过去人们认为,即便是鬼节,也该张灯,为鬼庆祝节日。人鬼有别,中元张灯和上元张灯不应相同。人为阳,鬼为阴;陆为阳,水为阴。水下神秘昏黑,使人想到传说中的幽冥地狱,鬼魂于此沉沦。因此,上元张灯是在陆地上,中元张灯是在水里。

如今,放河灯在许多地区已成为一种欢乐的活动项目。夜晚的河面上,烛火熠熠,不同颜色的荷花灯,星星点点,闪烁着静谧的光芒。而在闽南地区的中元节,从盂兰盆会的仪式规定来看,放河灯尤为重要。

鬼月的各种祭事,大多是因为在国内,乡味浓,习俗重,而生活在海外的华人并不会有那么严格的祭祀环境。我有一位朋友,她说在菲律宾不像在国内老家一样有那么多的仪式规定,但是禁忌要注意,祭祀更要做,诸如不许出去旅游,不可偷吃供品,不能搬家,不能挪动家具,不许穿黑色衣服,房间里挂的如风铃类招风的饰品统统摘掉。还有,从七月初一开始,家里供品不断,通常放在灶台上或者冰箱上,每天更换新供品时,还要先拜一拜方可取下旧供品。

这些禁忌,听起来很刻板,甚至毫无道理可言,但这就是风俗,就是规矩,就是礼节,更代表一种文化。闽南文化上承中原文化,尔后又借鉴了南洋文化、阿拉伯文化、西方文化,具有鲜明的地方特色、合理因素和丰富内涵。这种文化也不断地在海外传播、演绎、创新和发展,影响着世界各地的闽南人,生生不息,代代相传!

马拉卡南宫的历史记忆

我们知道马拉卡南宫（MalacañanPalace，俗称 Malacañang），多半是因为菲律宾前总统马科斯及夫人伊梅尔达。

在 20 世纪 80 年代以前，中国人看新闻大多是在电影院里，电影正式放映之前会放一段"新闻简报"。似乎毛泽东主席逝世前，接见的与我国较为友好的国家元首中，菲律宾总统夫妇上镜率最高。惊艳的美貌，高挑的身材，优雅的举止，伊梅尔达身着一条高高翘起的蝴蝶袖长裙，作为菲律宾第一夫人的标志性符号，印刻在中国人的记忆里，成为很多女孩子心中羡慕的女神。还有那张毛泽东主席接见她时，按照西方礼节，对伊梅尔达行吻手礼的照片，被誉为"世界之吻"，成为经典瞬间。

1986 年，菲律宾发生政变，"人民力量革命"把马科斯一家赶出了总统府。他们逃跑以后，被发现了大量贪污的证据，尤其是伊梅尔达的几千双鞋子，马拉卡南宫一下成为焦点。我们这些从不了解菲律宾的人，从此记住了马拉卡南宫这个名字。

一

　　我在参观总统府博物馆之前，自认为做足了功课，但当一步步走近它时，内心还是激动万千。看着黑色铁栅栏里，那不算雄伟的两层白色小楼，心里默想：这座白楼，就是承载菲律宾历史风云变幻的所在地啊。

　　期待了很久的参观总统府博物馆活动，终于在妇女节这天，在大使馆妇女小组的精心安排下，如愿以偿。曾看过许多关于菲律宾政治的、历史的书，书中总会提到马拉卡南宫，它就像神秘的影子，不断地在我的脑海里晃动。绕过白色的围墙，迈进那道幽深的铁艺大门，穿过苍翠的树木，热带植物婆娑摇曳着东南亚风情，显得格外清净秀丽。很难相信，这座貌似沉静低调的建

筑，竟然尘封了如此多的记忆。这里的条条道路，带我们去寻找几经沧桑、变幻莫测的菲律宾历史故事。

应该说，马拉卡南宫实际上是一个建筑群，以新古典主义建筑风格为主，不仅有浓郁的东方色彩，而且还洋溢着西方情调。马拉卡南宫，是西班牙语的发音，意为"贵族居住的地方"。马拉卡南宫初建于1750年，最初是一位西班牙贵族的花园别墅，用土坯、木材制成，内里镶嵌着精致的装饰。它坐落在占地16公顷的土地上，位于马尼拉帕西河畔。1802年，它被转卖给了一位西班牙军官。1825年，军官去世，它又被政府廉价收购，作为西班牙总督的夏宫。西班牙政府看中了这块风水宝地，不惜花重金进行修缮，作为接待本国高官的俱乐部。1863年6月，马尼拉发生大地震，原西班牙总督府邸成为废墟，西班牙政府决定将总督

菲律宾总统博物馆

府迁至马拉卡南宫。至此，马拉卡南宫正式成为政治中心。

美西战争结束后，西班牙战败，结束了对菲律宾长达300多年的殖民统治。接续对菲律宾进行殖民统治的美国，仍将马拉卡南宫作为总督的府邸。从1898年开始，美国政府第一位军事总督和第二位民事总督，陆续改建和扩建宫殿，购买和开垦更多的土地。宫殿内部也做了大量的修缮，比如楼梯被转移到门厅的中心，楼梯周围建造画廊，使地面高于洪水线，用混凝土代替木材，用硬木镶板美化室内装饰，增添华丽的枝形吊灯，等等。无论内部怎样变化，马拉卡南宫外部仍保持着西班牙建筑风格的原型。

1935年11月15日，菲律宾联邦成立后，马拉卡南宫建筑群成为菲律宾总统的住所。总统曼努埃尔·奎松（Manuel Luis Quezón）是该宫的第一位菲律宾居民。1946年菲律宾独立，从那以后，马拉卡南宫一直是菲律宾总统的官邸。第二次世界大战中，马拉卡南宫是马尼拉被轰炸后，唯一幸存的主要政府大楼，只有宫殿西南侧的国家餐厅及其服务区被炮击破坏。1942年，日军侵入，将马拉卡南宫变成了一座镀金的监狱。当时的总统奎松，将他的座位搬到了麦克阿瑟将军的总部，菲律宾政府成为流亡政府。

自1863年以来，马拉卡南宫一直是18位西班牙总督，14位美国军事、民事总督及16位菲律宾总统的办公场所。之前的总督和总统不仅在马拉卡南宫办公，而且全家都居住在宫中。从菲律宾第11任总统科拉松·阿基诺开始，并不是所有的第一家庭都住在这里了。在菲律宾历届总统中，马科斯总统一家居住的时间最久，长达20年，直到1986年2月马科斯政权垮台，阿基诺总统入主马拉卡南宫。如今的总统府包括"总统府行政大楼""警卫部队军营"等。昔日的总统办公大楼已经成为供游人参观的博物馆。

二

我们与其他游客一样，只被允许参观旧行政大楼（Kalayaan Hall），也就是昔日的总统办公大楼，一墙之隔便是现在的总统办公楼，不可越雷池半步。解说员是一位非常俊秀的菲律宾小伙子，穿着白色的菲律宾国服，礼貌周到，看得出他业务纯熟，懂得参观者的心理。在正式开始参观前，他说等他介绍完以后，可以拍照，但不可以用闪光灯，也不可以录像。没有多余的语言，但其态度让人必须遵从。

旧行政大楼建于1920年，结合了美、英、西班牙的历史，属于文艺复兴风格的建筑，优雅高大的拱形窗户，闪闪发光的大理石嵌在外墙的混凝土中，精心制作的锻铁门和阳台，凉廊和高高的天花板，是热带地区空气流通的理想选择，所有这些共同组成了其雄伟的外观。它是今天菲律宾最完整的战前公共建筑之一，经受住了时间的考验，成为新旧之间的纽带。作为总统博物馆，它建成于2004年，在2010年更名为总统博物馆和图书馆，是菲律宾总统纪念品的官方存放处，包括总统画廊、纪念品、服装、个人物品、礼品、出版物、文件以及宫殿收藏品、艺术品和家具等。

那天，似乎是一个特殊的日子，据说参观的人比往常多，导游没有按照常规路线走，而是带领我们从人少的地方走起。走进的第一个展室是人民宫，导游介绍，这个宫殿比行政长官官邸的地位还要高，因为经过艰辛选举过程而当选的总统，是人民信任的象征。这里是决定和影响菲律宾人民命运的舞台。画廊里展出的是历任总统在参加选举时演讲和投票的现场照片，以及当时报纸的报道、竞选得票情况、宣誓就职书等，也有历届总统的家庭合影。其中1961年总统选举时，5名候选人的得票情况特别有趣，一位叫P·F的总统候选人，居然是零票，也就是说他本人都没有投自己一票，不知他是谦虚，还是不自信，总之让人匪夷所思。解说员介绍，这间房子里的木质装修极有特点，棚顶的造型为圆锥立体，采用的是上好的拉纳硬木；在对应的两扇门两侧，是四面长镜子，它们比这座房子还古老。

与人民宫对门的陈列室里，文件比较多，可见在这间屋子里曾经发生过重大事件。导游只讲解了一把椅子和一个徽章，然后打开一台老式黑白电视机，电视里播放的是马科斯总统的一段讲话。那把椅子就是1972年9月23日，马科斯总统在电视上宣布实施戒严令时坐的，椅子非常有特点，许多人看过电视都会记住它。椅子上方，悬挂着大大的徽章，马科斯总统把自1947年以来使用的总统印章做了修改，把海豹换成了美国鹰。不过后来，阿基诺夫人就任总统后，又恢复了原来的印章。

在与陈列室衔接的走廊里，墙上随处可见镶挂的水彩画和精美的艺术品。在过道里，放置着一架黄色三角钢琴，十分醒目抢眼。旁边的小卡片介绍，这是雅马哈公司于1986年授予科拉松·阿基诺总统的礼物，现在留在博物馆，归为国有。

走过一段狭窄的木楼梯，眼前是一扇宽敞的大门，那是奎松总统的办公室。这间办公室建于1937年，奎松总统是第一个使用者。与众不同的是，这间办公室最早安装了空调，几处送风口在棚顶，类似于现在的中央空调。在这间办公室里，奎松总统不仅处理日常事务，也召开一些机密会议。这是一个富有庄严气氛的大办公室，暗红色的办公桌和镶皮的座椅，晶莹剔透的捷克斯洛伐克水晶吊灯，都充分显示了主人曾经的权威。奎松总统的大幅肖像油画悬挂在墙壁上，他仿佛还在这个房间里，履行着他的总统职责。

如果说已经走过的所有房间都弥漫着严肃的政治气氛，那么接下来的这间陈列室，就完全是艺术品收藏馆了。天花板是整块拉纳木，水晶吊灯熠熠生辉，房间四周的靠墙处，是形状各异的欧式桌子，桌子上摆放着各种雕像和工艺品，令人目不暇接。解说员介绍，这些工艺品都是伊梅尔达从世界各国购买来的，件件价格不菲，这里只展出了其中的一小部分。看着这么多价值连城的艺术品，甚至绝世珍品，我在想，难怪美丽的伊梅尔达被称为"世界上最富有的女人"呢。

三

总统博物馆与图书馆相连，参观完一间间深藏历史秘密的办公室、会议厅、艺术品收藏室，转而就是宽敞明亮的图书馆了。一排排整齐的黑漆书柜，在水晶吊灯的映射下，散发着华丽的贵族气息。里面都是总统办公室委托保管的书籍、期刊和其他出版物，还有被授予特殊权得以购买、交换、捐赠的书籍和工艺品等。讲解员说，马拉卡南宫图书馆初建于1946年，曾是供研究人员使用的一般参考类图书馆。四年后，它成为新闻办公室的一部分，后来又成为一个独立部门，专门收藏总统使用的藏品。1973年，作为赠送给马科斯总统生日礼物，伊梅尔达在Maharlika Hall建立了一个总统图书馆，除了作为图书馆外，也存放马科斯总统的重要文件。1997年，总统图书馆被废除，所有馆藏被转移到马拉卡南宫图书馆。

总统图书馆起初大约有500件原始藏品，后来馆藏不断增加，其藏品可追溯至1900年的最新法律和执行文件。在这里可以看到许多菲律宾大事记珍品，比如1898年6月12日第一任总统埃米利奥·阿吉纳尔多签署的《独立宣言》，奎松总统撰写的《菲律宾人的精神再生》，1972年马科斯总统宣布的《关于菲律宾戒严宣言的重要文件》；还有早期的文献，如《宪法委员会记录：会议记录和辩论卷》《菲律宾总统外交议程》《菲律宾新闻剪报第IA卷（1931–1934）》等，包括2004年阿罗约总统的《宣誓就职书》。总统图书馆可以称得上是一座历史文献宝库，所有的文字都是菲律宾国家历史发展的有力证据。

在总统图书馆，除了珍贵的书籍和文献，最为亮丽的是在书柜中间的过道矗立着11位第一任夫人的画像。画像技法细腻，形象逼真，色彩淡雅。我曾近距离地接触过伊梅尔达，那时她虽然已年近90岁，却依然美丽大方，从气质上看，与这幅早年的油画似乎没有太大不同，可见画家在作画时，捕捉人物灵魂十分准确。

穿梭于整齐排列的书柜之间，好像走在菲律宾历史的隧道中，丈量时代间的漫漫路途。出神入化的乳白色总统微型全身雕塑十分显眼，这是当代雕塑艺术家吉列尔莫·托伦蒂诺的作品。历任总统的头像雕塑，十分引人注目。雕像旁边的展柜里陈列着总统使用过的物品，比如马科斯总统曾经穿过的"巴隆他加禄"，胸前挂着一串奖章似的项链，这是1984年专门铸造的菲律宾各省印章；吊坠是马科斯总统使用的总统印章；还有拉莫斯总统用过的高尔夫球、烟斗，签名的球帽；也有优雅的阿基诺夫人和阿罗约两位女总统就职时穿过的国服"特尔诺"长裙，等等。

之后，解说员带我们来到一尊半卧的浴女裸体雕像和一幅油画前。他说，这尊雕像一直无人知晓，是马科斯逃跑后，从他卧室的地下室里找到的。这是一位著名的法国艺术大师的得意之作。可见在马科斯时代，不知还有多少稀世珍宝无人知晓。

那幅油画我早就有所耳闻，叫"Las Nereidas"，是著名的西班牙印象派画家华金·索洛利·巴斯蒂达（Joaquin Sorollay Bastida）于18世纪创作的。它描绘了微波中的爱琴海，一群裸女在一艘船周围的水中游泳、嬉笑。油画色调柔和透明，层次感强，场景鲜活，画中的少女悠闲地仰卧在水中，线条清晰优美，整幅画充满了浪漫主义色彩。这幅著名的油画是美国慈善家Almade Bretteville Spreckels在Elpidio Quirino总统执政期间，作为礼物赠送给马拉卡南宫博物馆的。至于这幅珍贵画作的价值，据说如果某一天宫殿被毁坏，卖掉它足以承担所有修复费用。当然，这只是比喻而已。

走进现任菲律宾总统杜特尔特的陈列室，气氛明显有些异样。如果说前面的每个展室都能把人拖回到前两个世纪，或者更早以前，那么这个房间会立马把人拉回现实。这里完全是现代风格，不过分雕琢的白色墙壁上，错落有致地悬挂着杜特尔特总统的照片，房间中央也不乏一些玻璃展柜，里面有他用过的物品，得过的奖章、证书等。周围的衣架上，是他竞选时支持者们穿的T恤衫。在一个高高的玻璃柜里，立体衣架上是一套他就职时穿的"巴隆他加禄"。旁边整面墙上是一幅醒目的大照片，杜特尔特总统举着标志性的拳头。这个动作在他赢得大选后，也成为菲律宾人拍照时常用的动作。我也兴奋地做着这个手势，站在大照片前与他合影留念。

墙上那些相框里，是杜特尔特总统成长过程中各个阶段的黑白照片，有他当达沃市长执政时期的工作照，还有他竞选总统和当选总统后的精彩瞬间。这让我想起在前面的历史藏品展室中，那张马科斯时代收录的多人老照片中，杜特尔特总统的父亲也在其中，他当时是内阁成员，担任菲律宾社会服务部部长。

杜特尔特出身于政治世家，他的父亲曾任民答峨岛上的南达沃行省省长。由此可见，他从政绝非偶然，也算是子承父业。杜特尔特总统在2016年6月参加竞选，得知投票结果后，到父母墓前报喜。当时这位即将成为菲律宾第16任总统的71岁的杜特尔特，在母亲的墓前祈祷，希望母亲的在天之灵继续帮助和指导他。他又到父亲墓前，给父亲深深地鞠了一躬。据说，杜特尔特的母亲是一名有华裔血统的教师，他的外祖父是一位吕姓的菲律宾华人。这位号称硬汉的总统，从小善于打架、斗殴，也因此频繁进出监狱。但就是这样一位总统，当选后却不愿意搬到马拉卡南宫，而是住在宫外。据他所言，闻听马拉卡南宫有严重的灵异传闻，他会害怕，不敢在马拉卡南宫睡觉。因为怕鬼，而拒绝入住宫殿的总统，也实属少见。

最后一个陈列室，是中国送给菲律宾的礼物。件件礼物都带有我们熟悉的中国元素：一对国宝熊猫湘绣、精致逼真的高铁模型、雕工细腻的红漆木包金摆盘，还有习主席与杜特尔特总统握手的合影，旁边造型别致的摆盘上写着"合作共赢"。除了这些，一块巨大的玉石很显眼地摆放在那里。讲解员说，这是习近平主席送给杜特尔特总统的一块阿富汗玉石。关于玉的成色，他诡秘地对我们说，他不懂，或许中国人会懂吧。我仔细端详，这是一大块由白到紫的渐变色玉石，上面的图案内容涵盖了中华文化的精髓，有苍松翠柏，有祥云飘飘，有高山流水，有闲云野鹤，有小桥流水，有长命百岁的寿星，完全是一幅人间仙境的山水图。我想，不管这块玉石的价值如何，单说这雕刻工艺和创意，就足以巧夺天工了。

四

现在还要回到开篇语，这座闻名遐迩的马拉卡南宫，我们应该是通过马科斯夫妇熟知的。在很多中国人心中，他们俩像是这个宫殿的代言人。马科斯总统执政20年，他们一家人也在宫殿里住了20年。他们把马拉卡南宫总统府当作自己的王宫，过着奢华的生活，尤其是第一夫人伊梅尔达，更是声名显赫。在马科斯总统被推翻，他们一家逃跑后，愤怒的人们冲进马拉卡南宫，从她豪华的卧室里搜出大量她还没来得及带走的奢侈品。直到现在，菲律宾人说起那些东西，还如数家珍，津津乐道：手套2000

副、皮鞋3000双、女士小提包1700个,还有5000条裙子、5000条内裤、500件文胸和200双袜子,这些还都是保守数字。除此之外,还有出自欧洲时装大师之手的名贵服装,100多公斤的金银首饰,外加满梳妆台的法国名贵香水和化妆品,几加仑①抗皱美容霜,等等。就连她洗脸用的面盆也是镀金的,令人触目惊心。此事一出,震惊世界,"伊梅尔达之鞋"从此也成为极尽奢华、穷奢极欲的象征。据统计,马科斯一家的财富,从最初的上万美元,暴涨到后来的50亿至100亿美元。伊梅尔达晚年回忆说,因为裙子太多,所以不得不一天换7次甚至10次裙子。她还说有一次去纽约,看到了一些油画,由于都喜欢,就全买了下来,一次购物花了500万美元。类似这样的事情不胜枚举。

马科斯的独裁和贪腐,终于激怒了菲律宾人民。自1983年起,菲律宾发生了一连串针对总统马科斯政权暴力、贪污腐败、选举舞弊的公民示威抗议,最终导致1986年2月由人民投票,反对党领袖暨总统候选人科拉松·阿基诺与天主教马尼拉大主教辛海梅领导,国防部长恩里莱及副参谋总长菲德尔·拉莫斯等军政高层参与响应,合力推翻马科斯政权的革命,即"人民力量革命"(People Power Revolution)。这场非暴力的政治运动,导致众叛亲离的马科斯在美国当时的里根政府劝说下,于2月25日出逃夏威夷,终结其20年的统治,从而使菲律宾再次民主化。

就是在旧行政大楼二楼的主厅,现在的图书馆,曾经是美国

---

① 加仑:英美制容量单位,英制1加仑等于4.546升,美制1加仑等于3.785升。

殖民时期客房的所在地，后来是英联邦总统的办公室，再后来是马科斯执政期间举行国家晚宴和公民大会的场地。在这个大厅的西前阳台，1986年2月25日，马科斯总统举行了他的最后一次公开宣誓就职典礼。我站在这个阳台口，看着阳台门上挂的马科斯总统一家在此拍摄的最后一张照片，仿佛看到了那一天的凄惨场景。失败的阴影笼罩着马拉卡南宫，虽然知道在几个小时前，科拉松·阿基诺已经宣誓就任菲律宾共和国第7任总统，但是他们并不甘心接受眼前的败局。那天，马科斯就是站在这个阳台上，面对下面3000多名雇来的支持者发表演说，而墙外是高喊着让他下台的菲律宾民众，还有恩里莱和拉莫斯带领的军队，他们把整个宫殿包围得水泄不通。伊梅尔达泪流满面地站在他身边，他们一起唱起了《因为有你》这首歌。过去，马科斯曾经因为这首歌无数次赢得民众的拥戴和敬仰，而此时却已经成为绝唱。

仅仅几个小时的参观，不可能把博物馆珍藏的宝物全部纳入眼里。但是从每一件陈列品中，我们都可以看到菲律宾政府和人民走过的历史道路，以及它们背后发生的故事。马拉卡南宫从建造初期的私人别墅，到西班牙殖民统治时代的总督府，再到现在的总统府，作为菲律宾政权的中心，虽不过两百多年，却阅尽重重风波，几经易主，多次修缮，见证了菲律宾风起云涌的政治变化。把它比作美国的白宫，或中国的中南海，都不为过。

解说员的讲解终止了，我们迈出了博物馆那扇厚重的大门。再回望，那白色的小楼和幽静的庭院，显得更加深邃。宫殿里的故事还在继续，再过十几年或几十年，我们再来探寻和倾听吧。

奇遇伊梅尔达

在菲律宾,有一位家喻户晓、尽人皆知的传奇政治女性,她集美貌、权力、财富和国际影响力于一身,虽然不是总统,却是总统身边不可缺少的人,她就是菲律宾第六任总统马科斯的妻子伊梅尔达。她还有一个响当当的别名"铁蝴蝶",她是美丽和权力的化身。

早在20世纪70年代后期,中国老百姓可能不知道美国总统是谁,不知道英国首相是谁,但却从大银幕上和收音机里知道了菲律宾总统马科斯夫人。首先因为她常常被毛泽东主席接见,其次是她惊人的美貌,高挑修长的身材,还有她那两肩高高翘起的蝴蝶裙,让只知道黄、蓝、灰的中国老百姓看到了另一种人间之美。

我还是小姑娘的时候,就听过关于她的传说,说她有400多双鞋子,100多件裙子。这让我和伙伴们很羡慕,也觉得不可思议。试想,那个年代一个季节我才只有一双鞋子,夏季无非就两件裙子,而她有那么多鞋子和裙子,怎么穿,什么时候穿啊?那

马瑞基纳鞋子博物馆陈列室

是一辈子也穿不完的。这个好奇的想法一直存在我的记忆里，直到我来到菲律宾，才终于有了答案。其实她的鞋子何止400多双，她有3000多双不同颜色、不同设计风格的鞋子，没有穿过的新裙子就有2000多件，还有不计其数的昂贵首饰，这些数字不属于我们普通人，而是属于一个总统夫人的奢华。我曾经参观过马瑞基纳市鞋博物馆，那里向世界展示鞋子是如何制造的，尤其是传统的修鞋工艺。这是伊梅尔达在结束10年流亡后回来创建的博物馆。一座二层小楼，整个二楼的橱柜里摆放的都是伊梅尔达的各种鞋子，大约800多双，或许当年是引领潮流的，可现在看上去就极其普通了。有趣的是，在伊梅尔达的鞋子展示柜里，零星地摆放着她与各国总统、政要的合影，其中有她与邓小平的合影，还有毛泽东主席的"世界之吻"合影。这或许是为了向人们展示她曾经的辉煌人生，又或许是博物馆招徕参观者的噱头。不过对我而言，效果极好。

伊梅尔达出生于1929年，曾参加过选美比赛，一举获得马尼拉小姐的桂冠。后来，她嫁给了大自己13岁的菲律宾国会议员马科斯。在她的辅佐下，11年后，马科斯当选总统，伊梅尔达成为众人瞩目的菲律宾第一夫人。菲律宾人对这位曾经叱咤风云的"铁蝴蝶"至今褒贬不一：反对者认为他们夫妇是窃国者、杀人犯，她生活奢侈，挥霍浪费；而支持者则认为她很亲民，会走进贫民区跟选民亲切互动，还为菲律宾修建医院、治疗中心、国际会议中心、国家大剧院等，造福于民。她把马尼拉打造成了世界一流的美丽城市，据说还降低了犯罪率。在外交领域，她促成了与中国的外交关系，让菲律宾的国际地位得到了提升。

2016年6月9日,是中菲建交41周年暨第15个"中菲友谊日",也是我踏上菲律宾土地的第一天。那天晚上,在马尼拉国际会议中心,中国驻菲律宾使馆、菲外交部、菲华各界联合会联合举办了大型文艺晚会,我也有幸参加。落座后,我第一眼就看到了坐在前排的伊梅尔达女士,她仍然穿着色彩艳丽的蝴蝶袖国服,面带笑容,仪态端庄,不时地跟人打招呼、握手、拥抱、合影。近90岁的老人全程看完3个小时的演出,让我很是佩服。同事说,每年的中菲友谊日,她都要到场,真正体现了她是中国人民的好朋友。

这个具有传奇色彩,政治生涯充满了各种跌宕起伏的故事的人物,一直吸引着我。后来,在听菲律宾某著名钢琴家演奏会的时候,又一次见到她,我仍然被她的优雅气质、仪态万方所吸引,忍不住在演出结束后与她合影留念。

我想,不管人们如何评价,伊梅尔达都是菲律宾历史上的一道亮丽风景。她的美貌和智慧、政治才华与外交手腕都让她在国际政治舞台上独树一帜,尤其是她对中菲两国外交的贡献,更是值得历史铭记。

与女佣过招

听到要去菲律宾工作，我脑海里跳出来的第一个想法是：太好了，终于可以过上饭来张口、衣来伸手的生活了。试想，不用自己动手洗衣做饭、打扫卫生，对哪一个家庭的女主人来说不是极美好的憧憬呢？

来到菲律宾，安顿妥当，一上班便开始打听雇用女佣事宜。办公室的三位女同事，其中两位家里已有女佣，她们在马尼拉工作一年多，家里又都有5岁左右的孩子，所以请用人是很紧迫的事。我与他们不同，家里没有亟待照顾的孩子，可以慢慢寻找。

同事们听说我要雇女佣，都非常热心地帮忙四处打听，提供中介信息，更把请女佣的注意事项一一道来。不听则已，一听我倒吸一口凉气，乖乖，事情不像我想象的那么简单。

头一件注意事项是：不要轻易借钱给女佣。这一点我不能完全赞同，既是自家女佣，先预支点钱算什么，发工资时扣除预支不就行了，何必那么严格、那么无情呢？可实例不得不让我牢牢记住。

同事小西家已经换过三个女佣，她跟我讲，最头痛的就是女佣借钱。她通常两星期给女佣发一次薪水（菲律宾惯例），但发完不到三天，女佣的腰包里就所剩无几了，然后就从她那里预支工资。小西纳闷，就算她寄给家乡的两个孩子，也不至于全部都寄了吧。女佣说，没有全寄给孩子，是大姐急用钱，寄给她了。到了下一次发薪水，此类事情又发生了。小西问："这次又给哪个亲戚救急了？"女佣答道："给另一个姐姐。"小西说："扣除上次的预支，你这次的薪水本来就不多，都给孩子和姐姐，你自己怎么办？"女佣很委屈地说："都是一家人，让我怎么办？对不起。"小西想了想，女佣没有什么对不起自己的，她的钱她有权自由支配，可是长此以往，女佣变成了家里的挣钱工具，辛苦忙碌一个月，却身无分文。小西狠了狠心说："这次我可以预支给你，但这是最后一次，没有以后了。"女佣千恩万谢："绝对不会再有了。"然而，过不了多久，相同的情况又会发生，女佣家里好像有救不完的急。最后，女佣自己也撑不下去了，跟小西说先回家看看，或许还会回来。她说，她家住在偏远农村，家里有七个姐妹两个弟弟，父亲无业，母亲帮别人做事，只能挣一点小钱。最近几个姐姐失业，家里的日子一下窘迫了。小西不便多问具体情况，只问："那你打算什么时候走？"女佣回答："今天就走。"小西说可以，但一转念，她还欠预支的三千比索（430元人民币左右）工资呢，问女佣那个钱怎么办。女佣很可怜地说，现在真没钱还，要不等过些时候再回来干几天，把那些钱的活干回来，但日子不确定。小西听了哭笑不得，怎么能逼着穷人还钱呢，这些钱权当自己来菲律宾交的学费吧。此后，小西再招聘女佣时，会事先重点强调："我不会借给你钱的！"

慢慢地，时间长了，我听到的故事越来越多，令人啼笑皆非的各种奇闻逸事也比比皆是。其中小夏家里发生的故事，才叫无巧不成书。某天，小夏上Facebook（社交网络服务网站），发现一个人的名字极像她家女佣，于是加为好友，打开一看果然没错，再看文字和图片，她顿时目瞪口呆，那女佣居然穿着她的几件漂亮衣服，拍了很多照片，还在下面配上文字："我终于穿上了美丽的衣服，过上了富有的生活。"小夏看完直发蒙，这简直就是美国电影《曼哈顿女佣》的玛丽萨在直播表演。小夏回到家找女佣谈话："你如果喜欢穿我的衣服拍照，我可以借给你，甚至可以送给你一些，但是趁我不在家，做不请自便的事就是犯错误。"女佣很羞愧，连声道歉，然后自请离职走了。

我听后不免有些动容，虽然女佣爱慕虚荣有点过分，但是她知错认错的态度，还是很让我另眼相看的。

这边刚刚听完一段女佣泡沫剧，那边小徐立马跑来给我讲她的故事。她一个人带孩子出国工作，来到菲律宾，立马开始找用人，终于通过中介找到一位女佣，带到家中二话不说，先给五百比索，让女佣在外面自己吃午饭（怕她吃不惯自己做的中餐）。之后，她对女佣也是好上加好，原因很简单，希望能留住女佣，让她感受到家的温暖。这个有两个孩子的单身妈妈，其实并没有办离婚手续，因为她是天主教徒，婚姻一结到底，所以不能从法律上离婚。她的丈夫虽然已有现任"妻子"，但是还会常来找她要钱，赶上不顺心时，还要打她。她撩起衣服给小徐看身上的伤疤，小徐心痛不已，愤愤地为她鸣不平。女佣说自从出来做用人，四年没回去看过孩子，孩子都在老家由她母亲照顾。小徐看着自己可爱的女儿，又想到女佣可怜的孩子，于是说："马上就是中国假期了，我要带孩子出去旅行，也给你放假，回去看看孩子吧。"女佣说："我家很远，假期的时间不够路上用的，再说我也没有钱。"小徐咬咬牙说："我给你买机票回去，这样可以节省路上的时间，机票钱由我来付。"假期结束，女佣按时回来了，可是从此以后，她的事情突然多了起来，因各种理由请假不断。

某天，女佣突然说她丈夫打电话说得了肺结核，他们几天前还见过面。小徐一听吓坏了，赶快带她去医院做检查，结果没有发现问题。第二天，女佣找小徐解释，她丈夫没得肺结核，是因为太想她才编造了一个理由。小徐心里很生气，这也太荒诞了吧，脸上却没有流露出来。女佣又说，自从她坐飞机回老家一趟之后，她丈夫对她特别好，经常缠着她，还说要跟她好好过日子，不想再让她出来做用人。小徐一听，头疼不已，单位这会儿正忙，再换一个用人哪有那么容易。从找到教，一个周期下来，身心疲惫不堪。女佣通常受教育程度较低，英语不好，交流费劲，没有一个月教不会。小徐想想就头大，没办法，必须挽留她，挽留的办法只有涨工资。不涨则已，一涨便无法收拾。在连续涨了两次之后，小徐忍无可忍，不同意再涨，结果女佣扔下手里的活扬长而去。小徐心知肚明，这一切首先归咎于自己善良不当，其次是女佣有一个好吃懒做的丈夫，再次是女佣自己对现状认识不清。不出所料，没过十天，女佣要求回来，可是小徐已经无法答应她的恳求了。

办公室里但凡家里有女佣的，都故事不断，想听她们的故事非常容易。

　　最近我发现，坐在我对面的小杨总是心神不定。有一天早上，她迟到了，进门很生气地解释说，女佣昨晚出去没回来，打电话、发短信均无回应，没办法她只好自己做早饭，然后送孩子去上学。我们说总有原因吧，小杨回想这些日子，说确实发现女佣有些反常，但并没有觉得自己哪方面做得不妥。她说："我和我老公对她太好了，她是第一次出来做用人，我们都尽量为她着想。我把不穿的很新的衣服送给她，孩子的衣服、鞋子、书包都给她，家里不常用的小音响也送给了她。她还特别高兴地跟我说，她爸爸就想要一套这样的音响呢。"小杨越说越激动，满脸失望的表情。第二天，小杨上班又迟到了，这回她搞清楚了女佣出走的原因。先是女佣说她还想多挣一些钱，于是小杨给她介绍了一份周日的兼职工作，女佣不高兴，说她不愿意占用休息时间，休息时间应该属于教堂或者自由，用休息日赚钱她不稀罕。小杨苦口婆心地解释："你既然需要钱，就不要考虑占不占用休息日，不吃苦哪来的钱？你看看，我们中国人多勤奋……"

　　后来，又发生了一件事情。小杨家的女佣不跟他们一块吃饭，小杨另付给她饭费，女佣每天自己做菲餐。早上女佣去附近的早市买自己的菜，小杨说："你顺便也帮我带些新鲜蔬菜回来。"这本来是顺手的事，互相帮忙而已，小杨并没有往心里去。女佣这次发作，和盘托出她的不满，说她每天早上帮小杨买菜，小杨应该另外付钱，那是她的时间。小杨当时哑口无言。

　　菲律宾人不太会节约，没有储蓄意识，全民"月光"，所以小杨从一开始就教女佣像中国人那样学会储蓄。每次发工资，小杨都会从工资中拿出一千比索,告诉女佣帮她存着,等到圣诞节她可以带一笔"巨款"回家。可是女佣很气愤地对小杨说:"由于你拿走我的钱,造成我妈妈生病都没有足够的钱去医院。"小杨像是挨了一闷棍,立刻语塞,这是什么逻辑?小杨把一个红包递给她,让她看里面的存款和账目单,女佣抽出钱,很不屑地把红包往地上一扔。这回小杨气炸了,第一次对女佣大喊:"请你给我捡起来!"女佣从不知道她的女主人还会生气,乖乖地从地上捡起红包放到桌子上。女佣收拾自己的东西离开,没敢带走一件小杨送的东西。或许女佣也无所谓,那能代表什么呢?女佣对小杨说:"你们其实对我并不好!"

小杨痛心疾首,每天念念有词:"我对她那么好,怎么人心就换不回人心呢?"

相比之下,小依家里请的女佣就显得格外省心,还与国际接轨。她家这位女佣绝对见过世面,曾经在阿布扎比做了几年菲佣,英文好,受教育程度也高,思维清晰,做事情有条理。重要的是,她不像别的女佣那样住在家里,而是要求像在公司上班的白领一样,虽不是朝九晚五,但也要有固定的上下班时间。她的工作主要是帮小依带不满周岁的孩子。她经验丰富,手法纯熟,招招式式都彰显出她的见识,可以说是小依的育儿老师。小依常常感叹,与别人家的女佣相比,自己运气真好。看来同是女佣,也有天壤之别,做过国际女佣,素质到底不同。不过有一点,她付给女佣的可是国际水平的薪水哟。

关于女佣的故事,林林总总,听了不少,看了不少,我好像弄清楚了一些关系和奥秘。

很多年以前,我对菲律宾的了解就是从女人开始的,一是前总统马科斯夫人伊梅尔达,再就是"菲佣"。前者代表高贵、有权、有钱的人,后者代表社会底层的卑微劳动者。来到菲律宾后,我弄清楚了大体情况,对前者的印象不变,而对后者却不尽然。

在菲律宾,做家政服务的女人,心态极好,并不认为自己身份卑微。做用人只是社会分工不同的一份工作,就像医生、护士、老师、银行职员等,工种不同,区别不大。无论是在国外做女佣,还是在本国做女佣,赚钱目的相同,都是往家里寄钱,养活孩子、养活丈夫、养活父母。不同的是工资数额,念书多、有特长的,比如可以考到教师资格证、助产士资格证、护士资格证,或者英语水平较高者,在雇主家里可以拿到高工资;而受教育程度低者,自然只能在雇主家里做饭、洗衣服、照顾小孩、做普通家务,工资也必然少一些。弄清楚了这一点,便会懂得女佣的心理活动。

曾听过这样一句话:女佣是家里"亲密的陌生人",也是"亲密的劳动者"。这句话有一定的道理,如果你用"视她如家人"来描述彼此的关系,那将会大错特错。她其实并不是你的家人,也不是你的朋友,而是你的雇工,每天接受你的工作指令,接受你提供的薪资,仅此而已。

另外,千万不要把女佣看成你家的穷亲戚,你送她再多的旧衣服、旧鞋子、你吃不完的食品,甚至送她大小礼物,都不会让她对你感恩戴德,因为她的终极目标是劳动报酬。女佣有礼貌,工作主动,服务极佳,办事小心谨慎,对你言听计从,从不越雷池半步，都是基于你们的雇佣关系，跟办公室的上下级关系相同。你付出的是薪水，她回报的是本分，并无情分，姑且可以称为职业精神吧。

还有，女佣是知晓和观察家庭冷暖关系的人，是知道一家大小的喜好，也能适时给予不同家人（特别是女主人）情绪支援的人。但不管怎样，你想用中国的文化理念、生活观念去影响她、教育她，都将是一条死胡同。你想改变她的消费和储蓄观念，那是不合理的期待，终将导致关系破裂。

菲律宾是一个喜女不喜男的国家，一般家庭生八九个孩子是标配，且女孩多多益善。一个家庭的主要收入大多来自女孩，无论在工厂做工，还是在公司上班，或者做用人，女孩都是挣钱的好手，把钱源源不断地寄回家里是她们的最终目的。说到这里，忽然想到了白居易《长恨歌》里那句："遂令天下父母心，不重生男重生女。"

被同事教导后，我终于请到一位有经验的女佣，确切地说应该属于小时工，每周日来半天。她叫 Elliza，四十岁左右，高个子，做事有条理，除了干活慢点，其他全是优点。我谨遵同事教诲，对女佣不苟言笑。第一天给她交代工作，我们说话较多，之后基本没有语言交流，我的中国英语跟她的他加禄英语好像不是一个语种，对接不上，陈述句、肯定句和疑问句总是搞不清楚，实在累心。后来我发现，我们的眼神要比语言表达得更清楚，意会比言传省力多了。后来，总算用"洋泾浜"式的英语和她交谈了一次，她告诉我，她是一个单身妈妈，从没结过婚，有一个十八岁的儿子。她说孩子的爸爸有三个女儿，希望她能生个儿子。

我问她孩子的爸爸给多少生活费呢,她说从来没有给过。我惊得下巴差点砸到脚面,他既然不给生活费,那么生男生女跟他有什么关系呢?Elliza 还告诉我,她家有十个兄弟姐妹,她是老大,周一到周五在一户老华人家里做全职用人,周末出来做两份兼职。她已经在老华人家里工作了 11 年,努力挣钱,供儿子读书,寄给老家的父母。看来,在菲律宾,女人的生活剧本都差不多。

圣诞日是天主教徒的大日子,各种祈祷活动应接不暇。女佣既没有请假,也没有跟我改时间。我心里盘算着,如果她没有动静,肯定不会擅自变更工作时间。果然,她起大早先去教堂祈祷,然后跑到我家来做工,晚上再跑回家去吃圣诞宴。我暗暗佩服她的虔诚和敬业,忍不住递给她一个红包。

虽然没有像预想的那样找到全职"服侍"我的女佣,成全我过上"作威作福"的日子,但是有现在这样一个敬业的半职侍者,我也就知足了。